Cléophas est vivant.

Cléophas est vivant.

Emmanuel LEROUX

Édition : BoD – Books on Demand, info@bod.fr
Impression : BoD – Books on Demand,

In de Tarpen 42, Norderstedt (Allemagne)

Impression à la demande

ISBN : 978-2-3224-4406-9
Dépôt légal : août 2022

Conseil de l'auteur :

Avant de lire ce livre, je vous recommande d'écouter le deuxième mouvement de la 7ème symphonie de Beethoven.

"L'univers m'embarrasse, et je ne puis songer que cette horloge existe et n'ait pas d'horloger."

Voltaire.

"Notre Père qui êtes si vieux

As-tu vraiment fait de ton mieux

Car sur la Terre et dans les Cieux

Tes anges n'aiment pas devenir vieux."

Téléphone (Cendrillon).

Le Dernier Soupir.

Ma vie ne tient qu'à un fil. Jamais je n'aurais cru que cette expression fut aussi proche de ma réalité. Lors de mon arrivée dans cette résidence au bord de l'Erdre, cette magnifique rivière se déversant dans la Loire au cœur Nantes, je ne m'imaginais pas dix ans plus tard dans ce même endroit. Ce lieu appelé "Le Dernier Soupir" est un Ehpad, un Établissement d'Hébergement pour Personnes Âgées Dépendantes, un mouroir pour des vieux impotents si on veut parler de manière moins élégante. Quand le maintien d'une personne âgée à domicile devient ingérable, votre descendance, en l'occurrence mon fils unique Ambroise, s'empresse de trouver un lieu pour se "débarrasser" de son père. J'étais devenu un gros problème. Après plusieurs chutes, de peur de me retrouver cassé dans ma maison, il m'a proposé ou plutôt imposé cet Ehpad. Il faut dire qu'avec ma DMLA, dégénérescence maculaire liée à l'âge, encore un truc de vieux, ma vue me posait des problèmes et ne m'autorisait plus la conduite automobile. Veuf depuis mes 80 ans, mon autonomie devenait brinquebalante.

Vivre chez mon fils m'aurait plu, mais sa femme ne m'apprécie pas beaucoup. Il faut dire je n'ai rien fait pour qu'elle m'aime. Mon plus gros défaut, ne pas être mort assez jeune pour qu'elle puisse profiter de mes biens. Je pense qu'elle m'en voudra jusqu'à mes derniers jours. Qu'elle se rassure, ma fin est proche.

Malgré mon grand âge, j'ai résisté aux épidémies de grippe et même au coronavirus. Ce satané Covid-19 a décimé la moitié de l'Ehpad lors de son passage en 2020. J'ai tenu bon jusqu'à ce jour mais mes maigres forces déclinent rapidement. Aujourd'hui, nous fêtons mon anniversaire, 100 ans ! Pour les femmes, c'est d'un banal, trois centenaires vivent dans mon Ehpad mais pour un homme, c'est beaucoup plus rare. Je suis une rareté, dans un sale état mais une rareté quand même. D'après l'infirmière, quelques personnes se déplaceront pour mon anniversaire, j'en suis heureux. Devenu malvoyant, j'ai préparé un discours dans ma tête. Pas long car je n'ai plus de force mais, Dieu merci, mon ciboulot fonctionne très bien, ça turbine dedans comme dans ma jeunesse, c'est le reste qui déconne dans tous les sens. Enfin, il faut bien que vieillesse se passe et trépasse. Je me suis fait à cette idée depuis longtemps, mon tour est proche.

Transmissions.

7h30, les transmissions se font dans le bureau des infirmières avec toute l'équipe soignante. Juliette, infirmière de nuit, donne les consignes à Josiane, jeune infirmière de 25 ans et Betty, nouvelle aide-soignante, la trentaine. Elles débutent leur première journée au "Dernier Soupir". Les consignes sont longues car les pathologies de chaque patient sont détaillées.

— J'ai gardé le meilleur pour la fin, explique Juliette. Il s'agit de notre plus vieux pensionnaire, Monsieur Cléophas Gentil. Comme l'indique son nom, il est vraiment très gentil. Pour ses 100 ans aujourd'hui, nous avons prévu une petite fête cet après-midi avec sa famille, le maire et son médecin traitant. Je résume ses maladies, j'espère que vous avez de la mémoire car la liste est longue. Quelques problèmes classiques, hypertension, cholestérol élevé, insuffisance cardiaque, insuffisance rénale, diabète, presque aveugle avec sa DMLA mais il garde une toute petite vision périphérique lui permettant de distinguer des formes. Attention à ce que vous dites, il a toujours l'ouïe fine et pas l'once d'un Alzheimer. Il ne marche plus du fait de sa fonte musculaire. Le kiné vient le voir trois fois par semaine pour lui éviter de se recroqueviller dans son lit. Il faut essayer de le faire bouger. Il n'a plus aucune dent, n'oublie pas de lui mettre son dentier cet après-midi, ça lui évite de trop baver. Il ne mange presque plus, tout maigre, 41 kg la dernière fois qu'on a réussi à le mettre sur la balance. Il est incontinent comme la moitié des pensionnaires. Cerise sur le gâteau, il a une leucémie lymphoïde chronique, une leucémie du vieux qui ne tue pas tout de suite mais qui peut virer au cauchemar d'un seul coup et en ce moment, elle vire. Du coup, anémie et essoufflement au moindre effort mais comme il n'en fait plus… Enfin, il a aussi un cancer de la prostate avec des métastases disséminées un peu partout, notamment dans les os, sa mobilisation est très douloureuse. Il lui faut de la délicatesse, beaucoup de délicatesse.

— Il est en fin de vie ? Demande Josiane.

— Depuis 10 ans oui, mais là, c'est la fin de sa fin. Une place va se libérer très rapidement pour un ou une jeune pensionnaire.

— C'est trop triste, dit Betty.

— Si tu veux travailler ici, lui explique doucement Juliette, il te faudra essayer de ne pas trop t'attacher aux pensionnaires. Certains ne restent pas très longtemps. Ils arrivent lorsqu'ils sont au bout du rouleau, lorsqu'il ne leur est plus possible de rester à domicile, après, ça passe ou ça casse. Soit, ils s'habituent au changement de vie et peuvent tenir quelques années, comme l'exceptionnel Monsieur Gentil, soit ils meurent dans les semaines qui suivent leur arrivée. J'appelle cela la décompensation de vie, ils n'ont plus envie. Avec l'habitude, on voit rapidement dans quel sens les pensionnaires évoluent. Allez, terminez votre café, je rentre chez moi. Bye les filles, bonne journée. Je reviendrai à 16 heures pour l'anniversaire de Monsieur Gentil, je ne peux pas manquer ça. A propos, Monsieur Gentil a l'habitude de demander aux nouvelles de la maison de retraite de se marier avec lui. Je vous laisse vous débrouiller. Bye bye.

Souvenirs.

La lecture ne m'est plus possible depuis de nombreuses années, je peux seulement écouter la radio et les bruits de la résidence. Parler m'est difficile, mon dentier se déchausse et glisse de ma bouche. Alors, je parle lentement. Mon fils me dit qu'à mon âge, ce serait de l'argent foutu en l'air de me faire un nouveau dentier. Je suis un peu d'accord avec lui, mais quand même. Parler sans dentier complique la prononciation, mes lèvres rentrent dans ma bouche et je bave, quel spectacle pour les autres.

J'aime bien discuter avec les employées. J'ai mes préférées. Joséphine, une femme de ménage d'origine Guadeloupéenne, toujours gaie, elle chante en travaillant. Juliette, mon infirmière de nuit, adorable, prend toujours le temps de venir discuter pendant mes insomnies. On parle du monde, de tout et de rien, de ses problèmes. C'est incroyable comme le temps passe vite avec elle. Claire, mon aide-soignante, est partie hier à la retraite. Elle était douce comme une fleur pour me nettoyer et me changer. Certaines me font peur par leur brutalité, d'autres sont magiques comme Claire. La nouvelle s'appelle Betty. Avec un prénom comme celui-ci, je sens qu'elle sera un nouveau rayon de soleil et que nous nous entendrons bien.

Que dire de ma vie antérieure ? J'étais médecin, généraliste. Si je calcule bien, sachant que nous somme en 2025, retraité à 65 ans, cela fait 35 ans que je n'exerce plus. La médecine a fait d'énormes progrès depuis, c'est malheureusement pour cela que je suis encore en vie. Je suis né en 1925. Bigre, un siècle déjà, que d'évènements dans le monde. Hormis quelques centenaires rescapés du temps comme moi, la population mondiale s'est entièrement renouvelée depuis ma naissance. Nous étions un peu moins de 2 milliards en 1925 et nous sommes maintenant plus de 7 milliards d'humains, cela me donne le vertige quand j'y pense. Les gens naissent, grandissent, meurent autour de moi et je reste immobile dans ma chambre à ne rien faire. J'en ai vu du monde mourir, mais quand je pense que plus de deux milliards d'humains sont décédés depuis ma naissance, cela me turlupine. Quel est ma place dans ce monde et que suis-je encore censé y faire ?

J'avais 14 ans au début de la deuxième guerre mondiale, 20 ans à la fin, une bien triste période. Après mes études de médecine à Nantes, j'ai posé ma plaque en 1955 à la Chapelle sur Erdre, une jolie commune rurale proche de Nantes. La médecine générale m'a toujours attiré, traiter le patient dans sa globalité, gagner sa confiance et son intimité n'est pas le plus simple. 35 ans d'exercice professionnel jusqu'en 1990, date de ma retraite, de la pilule au Sida, de la radiographie à l'IRM, que de changements.

Le docteur Leblanc.

On frappe doucement à la porte.

— Entrez, entrez, marmonne Cléophas, de toute façon, avec ou sans mon accord, vous entrerez.

— Bonjour docteur Gentil, c'est le docteur Leblanc, votre médecin.

— Je sais bien que tu es mon médecin, cela fait dix ans que tu essayes de me tuer !

— Comment allez-vous docteur Gentil ?

— En pleine forme, répond Cléophas avec un sourire laborieux. Arrête de m'appeler docteur. Un docteur, ça soigne. Moi, je suis soigné et dans mon état, je ne soignerai plus personne.

— Déprimé aujourd'hui ?

— Pas du tout, seulement un peu plus vieux qu'hier.

— Allons, allons, vous nous enterrerez tous !

— C'est exactement la formule que j'employais lorsque mes patients allaient mourir. Ce n'est pas original mais au moins, je sais à quoi m'attendre.

— Au moins, votre âge ne vous a pas esquinté le cerveau.

— C'est le reste qui est esquinté. Parle-moi de ma dernière prise de sang s'il te plaît.

Le docteur Leblanc s'assoit au bord du lit. Il soupire et pose sa main sur celle du vieillard avant de lui expliquer :

— Pour dire les choses simplement, vos globules rouges diminuent, les blancs sont au plafond et les plaquettes dans les chaussettes, votre leucémie s'em-balle. Les PSA ont encore augmenté, je n'ai jamais vu un taux aussi haut, votre cancer de la prostate explose. La créatinine augmente, vos reins ne fonctionnent quasiment plus. L'acide urique baisse, c'est le seul point positif, au moins, vous ne risquez plus de faire une crise de goutte. Pour parler franchement, votre situation se dégrade très rapidement et je ne comprends toujours pas pourquoi vous êtes encore en vie.

— C'est pour fêter mes cent ans ! Après, adieu la vie. Docteur, je voudrais que tu me fasses un cadeau pour mon anniversaire.

— Une transfusion ?

— Très drôle. Non, un vrai cadeau qui ne coûtera rien.

— Je vous écoute.

— Je ne veux plus de prise de sang, plus de radio, plus de visite chez les spécialistes, et surtout, plus de médicament. Avec tout ce que je bouffe, les vers de terre du cimetière seront complètement intoxiqués après ma mort et ce n'est pas éco-responsable comme on dit main-te-nant. Je voudrais mourir sain, mais je veux bien continuer la morphine quand même.

— Donc vous voulez nous quitter pour de bon ?

— Si Dieu le veut, s'il existe, j'aimerai le rencontrer. Ma présence sur cette terre n'a que trop duré et je suis fatigué, tellement fatigué. Tu diras au curé de venir me voir demain matin. J'aimerai discuter avec lui avant mon départ. Juste une petite conversation entre lui et moi, si je suis encore en vie.

— Je lui demanderai de passer dans la matinée.

— Tu viendras pour la petite fête cet après-midi ? Il y aura le maire et ma famille.

— J'ai déjà prévu de faire une pause entre mes consultations pour vous rejoindre.

— Ta présence me fera plaisir. Si cela ne te dérange pas, ne met pas de cravate. Et quand tu arriveras, tu me diras la couleur de la cravate du maire. C'est juste pour rire un peu.

— Avec plaisir, je ne peux rien vous refuser aujourd'hui.

— Donc c'est d'accord, tu ne m'emmerdes plus avec tout le tintouin médical ?

— Accordé, vous avez ma parole.

— Alors je te garde comme médecin.

— Vous êtes trop bon.

— Je serai juste bon pour les vers dans ma dernière demeure. Allez toubib, merci pour ta visite. Je dois me reposer si je veux être en pleine forme cet après-midi. Je compte sur toi. Si ça se trouve, mon fils apportera du champagne.

— A tout à l'heure docteur Gentil.

— Pas docteur, juste un vieux Monsieur, très vieux Monsieur, fatigué, très fatigué…

Cléophas ferme les yeux, épuisé pas la conversation avec son médecin. Ce dernier sort doucement de la chambre et va donner ses consignes à l'infirmière. Elle a cette réflexion très terre à terre :

— Le pharmacien ne va pas être content, c'est le plus gros consommateur de médicaments de la maison de retraite !

Souvenirs.

Ma carrière médicale a duré 35 ans. Mon épouse Eudoxie m'a secondé et soulagé de toutes les tâches ingrates de mon travail, téléphone, papiers, comptabilité. Nous avons formé un couple très uni jusqu'à son décès, un banal infarctus.

Ma vie s'est passée à La Chapelle sur Erdre, entre mon cabinet dans la ville et une belle maison nommée "l'Aventurine", au bord de l'Erdre avec une vue imprenable jusqu'à la construction de l'Ehpad en face de chez moi, de l'autre côté de la rivière. Je n'imaginais pas y finir ma vie en regardant mon ancienne maison, du moins tant que je voyais encore un peu. Ce fut difficile au début mais je m'y suis habitué, grandement aidé par mon impotence. Monter ne serait-ce qu'une marche m'est devenu aussi compliqué que résoudre un Rubiks'cube.

Ambroise est né l'année de mes 25 ans. Il fut notre seul enfant, non pas que nous n'en voulions pas d'autres mais c'est ainsi. Il a grandi et a quitté la maison à toute allure, presque sans que je ne m'en rende compte tellement j'étais accaparé par mon travail. Je lui ai donné l'amour que je pouvais mais je sens bien qu'il m'en veut de ne pas m'être assez occupé de lui. Ambroise est devenu pilote d'avion et a sillonné le monde entier, ce qui n'a pas facilité nos relations. Il n'a eu qu'un seul enfant lui aussi, Sébastien, à croire qu'il s'agit un atavisme familial, je n'ai pas de frère ni de sœur. Ambroise s'est marié avec une hôtesse de l'air, Marie-Michelle, Mimi pour les intimes, propriétaire d'un cerveau spongieux. Elle dégouline de bêtise et n'a aucun humour. Il lui faut du premier degré intégral. Je pense qu'elle a fini par comprendre que je me suis moqué d'elle plus souvent qu'à son tour. Elle me supporte mais ne m'aime pas. Je confesse n'avoir rien fait pour qu'elle m'aime, notamment en vivant trop vieux.

Betty.

"Toc toc toc".

— Entrez entrez, désolé de ne pas vous accueillir mais je suis impotent, murmure Cléophas.

— Bonjour Monsieur Gentil, dit la jeune femme en entrant dans sa chambre avec son charriot. Je suis Betty, votre nouvelle aide-soignante. Je viens m'occuper de vous.

— Vous tombez bien, j'allais m'absenter. Encore quelques instants et vous auriez été obligée d'aller me chercher dans le jardin.

— Mais on m'a dit que vous ne marchiez plus ?

— Qui ça "on" ?

— L'infirmière.

— Alors elle doit avoir raison. En fait, je ne peux plus marcher depuis longtemps. Je me recroqueville dans mon lit comme un enfant dans le ventre de sa mère. Je suis devenu un origami qu'il faut déplier avec délicatesse. Allez-y, je remets mon corps débile entre vos mains.

Avec des gestes sûrs, Betty tourne et retourne le vieil homme. Cléophas est changé, nettoyé et installé dans des draps propres.

— Vous êtes douceur et délicatesse Mademoiselle. Vos mains sont aussi légères que les ailes d'une libellule effleurant la surface de l'eau. Je vous garde comme aide-soignante. Pas longtemps car je vais mourir demain.

— Demain ? Allons-donc, vous êtes en pleine forme !

— La tête oui, mais le reste est rongé par l'âge et les cancers. J'ai demandé à mon médecin d'arrêter mes traitements. Quand on absorbe plus de médicaments que de nourriture, ce n'est pas bon signe. Et je suis fatigué, très fatigué. Betty, je peux vous appeler Betty ?

— Bien sûr Monsieur Gentil.

— Etes-vous mariée, avec-vous un ami, un petit co-pain ? Vous pouvez me le dire, cela restera entre-nous.

— Au moins vous êtes direct dans vos questions, répond Betty en rougissant. Pour l'instant, je n'ai pas de petit ami.

— Betty, je vous aime, vous êtes devenue mon rayon de soleil. Voulez-vous m'épouser ?

— Vous voulez vous marier avec moi ?

— C'est exactement ce que je viens de vous propo-ser. Vous avez quel âge ?

— 30 ans.

— Bien sûr, cela fera un peu jaser, 70 ans de diffé-rence d'âge, mais l'amour gomme toutes les différences.

— Au moins, vous savez parler aux femmes.

— Alors c'est oui ? Je vais demander au notaire de faire les papiers, vous serez ma légataire universelle, vous aurez l'usufruit de tous mes biens jusqu'à votre mort. Tant pis pour mon fils et ma bru.

— Ce n'est pas un peu rapide comme décision ?

— Vous pensez vraiment que j'ai le temps d'at-tendre ? Quand Cupidon arrive, il faut l'attraper par ses ailes et le garder. Je vous aime, vous m'aimez, que nous faut-il de plus ?

— Quelques jours de réflexion s'il vous plaît. Je vous donnerai ma réponse dans quelques jours Monsieur Gentil.

— Alors je serai mort. J'aurai tant voulu faire l'amour une dernière fois avant de mourir.

— Dans votre état ?

— C'est vrai, j'oublie parfois que je ne suis plus un jeune homme. L'amour physique est tapi dans les oubliettes de mon cerveau depuis belle lurette. Oublions cela. Un léger baiser suffira à mon bonheur.

— Vous êtes un beau parleur Monsieur Gentil.

— C'est tout ce qu'il me reste de beau. Allez-y Betty, je vais maintenant me reposer et méditer. Je compte sur vous pour mon anniversaire cet après-midi.

— Je viendrai avec plaisir Monsieur. A tout à l'heure.

Elle quitte la pièce avec son chariot, laissant Monsieur Gentil dans son lit.

Souvenirs.

Quinze ans. Ces premières années de ma retraite furent merveilleuses. Avec Eudoxie, nous avons sillonné le monde entier. Les transports étaient devenus d'une facilité incroyable et surtout très abordables. Lundi, nous décidions d'une destination, mardi nous prenions les billets et samedi nous nous envolions pour une, deux ou trois semaines à l'autre bout du monde. C'était facile comme un claquement de doigt, à condition d'avoir un peu d'argent bien sûr. J'ai adoré l'Amérique du Sud et ses paysages magnifiques, l'Asie et ses saveurs exotiques, les savanes d'Afrique, les grands parcs d'Amérique du Nord, chaque pays a son charme. Nous avons fait des escapades dans toutes les capitales d'Europe. Ces voyages me laissent des souvenirs qui illuminent ma vieillesse.

Mon petit-fils Sébastien a grandi trop vite lui-aussi. Quand on vieillit, le monde s'accélère puis semble ralentir tout doucement. Ces derniers mois ont été les plus pénibles de ma vie. Passer de l'état d'autonomie complète à une dépendance totale est une leçon d'humilité. J'ai vu tellement de personnes dériver dans la vieillesse que je réalise mieux la difficulté de l'acceptance. J'ai une reconnaissance infinie pour ces "petites mains" qui s'occupent de moi pour un salaire ridicule en proportion de leur immense travail.

Sébastien est devenu médecin, comme son grand-père. Il a 45 ans, mon fils et sa femme étaient âgés de 30 ans lorsqu'il est né. Sébastien est radiologue, un métier de riche. Il exerce dans une clinique nantaise et gagne beaucoup d'argent. Il me parle de son métier, rien à voir avec mon ancienne activité. Il n'est pas marié mais a un enfant, Kévin, 5 ans. Il vit avec sa compagne Roselyne, biologiste, qui gagne très bien sa vie elle aussi. Kévin ne manquera de rien. Au moins, Sébastien et Roselyne n'attendent pas mon héritage.

Je les vois rarement, enfin, quand je dis voir, c'est plutôt écoute rarement puisque je ne distingue plus grand-chose. Je ne verrai jamais mon arrière-petit-fils. On me dit qu'il est très mignon. De toute façon, on ne va pas me dire qu'il est moche. J'imagine l'infirmière me disant :

— Monsieur Gentil, c'est votre arrière-petit-fils Kévin qui est venu vous voir ? Il est vraiment très laid.

Non, on ne dit pas ce genre de chose. Alors j'imagine un beau petit gars. Enfant unique lui aussi, l'atavisme familial.

Voilà toute ma descendance, Ambroise et Marie-Michelle, Sébastien et Roselyne et enfin Kévin. Ils seront tous là cet après-midi à 16 heures, après ma sieste et avant le dîner, pour ce que je mange... Cela me fera plaisir de les retrouver une dernière fois, avant le grand saut.

Joséphine.

La porte s'ouvre en grand pour laisser passer le chariot :

— Je sais, je sais Monsieur Gentil, je n'ai pas frappé mais vous ne parlez pas assez fort pour que j'entende la réponse et de toute façon, vous êtes toujours d'accord pour que j'entre, hi hi hi !

— Bonjour Joséphine, quel bon vent vous amène ?

— Le vent de la saleté Monsieur Gentil, c'est tout dégoûtant chez vous, je vous apporte le propre !

Joséphine a la carrure d'une quinquagénaire an-tillaise bien charpentée avec la démarche et la rapidité des îles. Le travail est fait, bien fait, à son rythme et ce n'est pas demain qu'elle fera un infarctus lié au stress. Elle se met à fredonner en époussetant les meubles.

Cléophas lui demande :

— Chère Joséphine, aurais-je le plaisir de votre présence pour fêter mes cent ans aujourd'hui ?

— Pas question Monsieur Gentil, hi hi hi, pas question de manquer votre anniversaire. Je viendrai et j'ai même prévu un gros gâteau à la noix de coco avec plein de crème chantilly.

— J'en mangerai avec grand plaisir si je peux le suçoter.

— Je ferai une petite bouillie de ce gâteau rien que pour vous, un délice, une bouillie d'anniversaire.

— Vous êtes trop gentille. Vos enfants vont bien ?

— Oh vous savez, avec mes sept enfants, ce n'est pas facile tous les jours. Dieu merci, ils ont la santé, mais aussi pour faire des bêtises. Figurez-vous que mon petit dernier a caché un gros crapaud dans mon placard à épices. Vous imaginez comment j'ai crié quand je l'ai vu ! Même un cochon qu'on égorge ne crie pas plus fort que moi dans ce cas, hi hi hi. Je vous assure que mon petit Julien ne recommencera pas de sitôt. Ses oreilles ont chauffé comme une tartine dans le grille-pain.

Elle continue à raconter les bêtises de ses enfants. Cléophas essaye de ne pas trop rire à cause de ses os douloureux. Il adore ces joyeux moments avec Joséphine. Il ne manque plus que l'infirmière pour être tranquille jusqu'au déjeuner.

Souvenirs.

Jamais je n'aurais pensé ma fin de vie ainsi, mais je crois que personne n'aime évoquer la fin de sa vie. J'envie presque la mort de ma femme, un infarctus massif, net, précis, implacable, brutal, irréversible. "Une belle mort", diront certains.

Je m'imagine dans mon lit, un pré-cadavre, d'une maigreur squelettique, tout blanc, tout chauve avec plein de ces vilaines taches brunes proliférant partout, des "fleurs de cimetière" disaient mes vieux patients, mes yeux enfoncés dans les orbites, mes joues creusées, mes lèvres happées par ma cavité buccale et des rides plus profondes que des canyons. Mes bras n'ont que la peau sur les os, mes mains tachées sont recouvertes d'une peau épaisse comme un papier à cigarette, formant des profonds sillons entre mes métacarpes. La moindre pichenette occasionne des ecchymoses formant de large taches violettes sur ma peau. Pas beau à voir le cacochyme. Je bouge très peu ayant beaucoup de difficultés à me mobiliser. Heureusement, le lit médicalisé m'évite les escarres, ces plaies putrides sur les zones d'appui, très douloureuses et si difficiles à guérir.

Au moins, les croque-morts ne se feront pas un tour de rein en me transportant dans ma dernière demeure. Je vois arriver ma fin avec soulagement, presque avec plaisir. Je vais enfin savoir comme des milliards d'êtres humains ce qui se passe après la mort. Oui, maintenant, j'ai vraiment envie de passer ce cap, il est grand temps.

Mon esprit a des difficultés pour se remémorer mon aspect dans ma jeunesse. J'étais un beau jeune homme, plein de vie et de projets. Sans vouloir me vanter, j'avais du succès auprès des filles mais seule Eudoxie eut mes faveurs. Elle fut l'unique amour de ma vie, une belle infirmière épousant un jeune médecin, comme dans les romans à l'eau de rose.

La perte d'Eudoxie m'a plongé dans un profond marasme. Je me suis retrouvé bien seul dans ma grande maison à tourner en rond. Nous faisions tout ensemble. Sans elle, je n'avais plus d'allant. Il m'a fallu du temps pour réapprendre à apprécier la vie et ses petites joies. Après son départ, je n'ai plus voyagé, à part quelques escapades au bord de la mer, chez des amis. Parlons-en des amis ! Ils m'ont tous lâché les uns après les autres. J'en ai fait des enterrements, plus qu'à mon tour. Chaque départ a augmenté ma solitude. On aime partager avec ceux qui ont vécu avec nous. Ce n'est pas pareil avec les plus jeunes car ils n'ont pas connu nos joies et nos misères. On leur ressasse les mêmes histoires qu'ils écoutent par délicatesse et par respect. Vivre très vieux, c'est accepter de vivre très seul. A la fin, il ne reste plus que la famille. Adieu les copains.

Lorsque l'on devient très âgé, le monde se rétrécit. L'énergie de la jeunesse nous ferait déplacer des montagnes, on s'intéresse à tout, il faut découvrir la terre entière. A la fin de sa vie, on devient obnubilé par soi-même, sa santé, ses petites affaires, est-ce que je vais pouvoir manger ma crème tout seul ou avec de l'aide ?

A quelle heure l'aide-soignante va venir me nettoyer ?
Qui va allumer ou éteindre ma radio ? Toutes ces petites
choses prennent une telle importance que le reste du
monde devient inintéressant. Un cyclone de force 5 aux
Antilles ? J'ai faim, quand est-ce que je déjeune ! Trois
journalistes tués au Mexique ? J'ai mal au ventre, je voudrais mon médicament. Un tsunami aux Philippines ?
Est-ce qu'on m'a bien donné mon somnifère ce soir ?
Bref, tout tourne autour de soi, le reste n'a plus aucune
importance.

L'infirmière.

Toc toc toc.

— N'entrez-pas, je suis occupé.

La porte s'ouvre, Josiane entre :

— Bonjour Monsieur Gentil, je suis Josiane, votre nouvelle infirmière.

— Pas pour longtemps hélas. Je vous quitte demain.

— Allons allons, un vigoureux jeune homme comme vous !

— Allons allons, on vous apprend à mentir comme un arracheur de dents à l'école d'infirmière maintenant ?

— Quand il s'agit du moral des patients, oui bien sûr. Vous n'avez jamais menti à vos anciens patients ?

— Vous avez raison. Mon nez était parfois tellement long que je ne pouvais plus rentrer dans ma voiture. Des pieux mensonges, je n'irai pas en enfer pour cela.

Josiane lui prend la tension.

— Toute petite tension Monsieur Gentil. Il faut manger plus.

— Vous savez, je tiendrai jusqu'à cet après-midi et ensuite, à Dieu va. Je m'étais juré d'arriver jusqu'à ce jour et j'y suis parvenu, mais difficilement. Faites-moi ma piqûre de morphine, je me reposerai ensuite pour être en pleine forme. Joséphine m'a préparé une bouillie d'anniversaire, j'en salive déjà.

Josiane s'active et lui fait l'injection.

— Mademoiselle, votre main est douce comme la caresse d'un papillon sur une fleur. Vous êtes mariée ? Vous avez un petit ami ?

— Oh, l'indiscret vieux monsieur.

— J'étais médecin, cela ne sortira pas d'ici.

Elle hésite un peu puis lui explique :

— Actuellement, je suis seule.

— Josiane, dès que vous êtes entrée dans cette pièce, dès que je vous ai vue, je suis tombé amoureux de vous, le coup de foudre. Cela ne s'explique pas, c'est comme ça. Josiane, voulez-vous m'épouser ?

— Mais vous allez mourir et vous êtes aveugle !

— Oh, cruelle vérité lancée en pleine figure. Tant que je ne suis pas mort, je vis. Je suis en pleine possession de mes moyens, intellectuels bien sûr. Vous avez quel âge ?

— 25 ans ?

— Bien sûr, cela fera jaser un peu, 75 ans de différence d'âge, mais l'amour gomme toutes les différences.

— L'amour a bon dos. C'est non. Désolée, mais je souhaite vivre avec un homme de mon âge.

— Vous rejetez mon amour ?

— Je vous donnerai tout l'amour d'une infirmière pour son patient.

— Bien répondu. Josiane, je vous garde comme infirmière. Merci pour l'injection. Je suis bien fatigué, je dois me reposer. A tout à l'heure, pour mon anniversaire.

Cléophas ferme les yeux et s'assoupit.

Ambroise et Marie-Michelle.

Dans la voiture, Marie-Michelle discute avec Ambroise :

— C'est vraiment sympathique cette petite réunion familiale avec ton papa. Cent ans quand même, quelle force pour tenir le coup.

— Un caractère fort oui, répond Ambroise, il aurait déjà dû mourir depuis longtemps. Le médecin m'a dit qu'il ne sait pas pourquoi il n'est pas encore mort. Ce n'est plus une question de jour mais une question d'heures pour lui, je l'ai eu au téléphone en fin de matinée. Papa refuse de poursuivre ses traitements. C'est certainement la dernière fois que nous le verrons vivant.

— Enfin nous allons hériter de ses biens et être propriétaires de l'Aventurine !

— On y habite déjà depuis plusieurs années, cela ne changera pas grand-chose.

— Oui mais quand même, on sera plus riche. C'est dommage qu'il ne nous ait pas légué l'Aventurine de son vivant, cela fait des années qu'il ne voulait plus y aller.

— Quand on est vieux, on s'attache à ses souvenirs. Cette maison est son souvenir, avec des jours heureux et moins heureux. La quitter a été pour lui un crève-cœur alors, la léguer était certainement trop difficile. Effectivement avec sa mort, nous serons plus riches.

— Mais on n'en fera pas grand-chose. On est déjà trop vieux. Tu as 75 ans et moi 73, nous sommes sur le déclin, comme ton vieux père, mais en moins moche. J'ai préparé un beau cadeau pour lui.

— Tu penses vraiment que quelque chose lui ferait plaisir ?

— Un beau pyjama.

— Il ne le verra pas mais il pourra s'en servir. Bonne idée. Au moins, nous n'arriverons les mains vides.

— Je suis trop contente d'y aller. La dernière fois, tu te rends compte ? Dix ans qu'on va dans cette maison de retraite, bientôt fini, enfin ! Je ne dis pas ça pour ton père, mais c'est sinistre cet endroit. Tu n'y vas que pour mourir ! Tu rentres là, tu meurs et un autre prend ta place.

— C'est le cycle de la vie, tu nais, tu vis, tu meurs.

— Ce n'est pas gai notre conversation. Bon maintenant que ton père est mort. Pardon, va mourir, je vais enfin pouvoir changer toute la décoration de la maison.

— Comme tu voudras, soupire Ambroise.

— Au moins, cela va m'occuper, j'ai beaucoup de bonnes idées. Je suis trop contente.

— Attend au moins qu'il soit mort.

— Je téléphonerai au décorateur après son enterrement.

Ambroise regarde Mimi du coin de l'œil et soupire tristement en voyant l'air satisfait de sa femme.

L'Aventurine.

Quelle chance d'acquérir l'Aventurine à 35 ans !
Installé à la Chapelle sur Erdre depuis plusieurs années,
cette propriété au bord de l'eau m'avait toujours attiré.
Une magnifique maison surplombant l'Erdre de sa hauteur. Grande, très grande maison, trop grande pour trois
mais avec tellement de charme. Son propriétaire est mort
sans héritier. Je n'y étais pour rien, ce n'était pas mon
patient. Quand elle fut mise en vente, j'ai rassemblé
toute mes économies et me suis endetté pour longtemps.
Nous fûmes très heureux avec Eudoxie et Ambroise.
J'avais installé un ponton pour amarrer une barque et un
petit voilier. Quelques hectares autour pour ma jument,
Harmonie.

Le temps a passé, Ambroise et Marie-Michelle venaient rarement. J'ai toujours eu des difficultés pour
m'entendre avec Mimi. Mon petit-fils Sébastien était accaparé par ses études et son travail mais il est toujours
venu avec plaisir chez ses grands-parents. J'aime beaucoup sa femme, belle et intelligente. Je sens qu'ils n'auront malheureusement pas plus d'un enfant. Déjà 5 ans
le petit Kevin. Il ne m'aura jamais connu à l'Aventurine.
A son âge, il ne gardera même pas le souvenir de son
arrière-grand-père dans sa maison de retraite. Tant
mieux, ce ne serait pas un beau souvenir. Dire qu'avec
mes yeux déficients, je ne l'ai jamais vu, juste entendu,
une grande frustration. Non, pas frustré, déçu simplement. Je l'entendrai une dernière fois cette après-midi,

un petit bonheur. Ma mère m'a appris qu'il faut savoir apprécier tous les petits bonheurs, d'où qu'ils viennent, mais il faut aussi savoir les chercher car ils savent se cacher parfois sous un monceau de soucis.

L'anniversaire.

Les invités sont réunis dans la salle à manger de l'Ehpad pour l'anniversaire de Cléophas Gentil. Une grande pièce avec des tableaux de paysages accrochés sur les murs, peut-être pour faire rêver les résidents qui ne sortent plus, ceux qui voient encore un peu. Sont présents plusieurs infirmières dont Juliette et Josiane, Betty, la nouvelle aide-soignante, Joséphine, le Maire, le docteur Leblanc et les membres de la famille Gentil au grand complet. Assis dans un fauteuil roulant, Cléophas est attaché avec une large ceinture pour ne pas tomber en avant. Des coussins le bloquent sur les côtés, il n'a plus la force de se tenir droit. On le sent mal à l'aise dans cette position, la tête penchée en avant.

Le docteur Leblanc se penche vers lui et chuchote :

— Le maire a une cravate mauve.

— Merci docteur, lui répond Cléophas en souriant.

Les invités sont assis autour d'un immense gâteau confectionné par Joséphine. Un petit bol est posé à côté, une bouillie de gâteau surmontée de crème chantilly pour le centenaire. Le Maire se lève et prend la parole :

— Cher Monsieur Cléophas Gentil, nous sommes réunis en ce jour pour fêter ce joyeux évènement, vos cent ans. Vous avez atteint cet âge vénérable que peu d'entre nous atteindrons. Médecin dans votre jeunesse, vous avez fait beaucoup pour la population de notre ville. Laisser-moi vous remettre la médaille de la ville en mémoire de votre action pour la santé de nos concitoyens. Merci pour votre engagement. Bon anniversaire Monsieur Cléophas Gentil.

Il s'approche du centenaire, accroche une médaille sur sa veste et lui donne une accolade. Applaudissements. Cléophas hausse les épaules. Sébastien prend la parole :

— Bon anniversaire grand-père. Je crois que Kévin voudrait te dire quelque-chose.

Le petit garçon de 5 ans trépignait sur sa chaise depuis un bon moment. Au signal de son père il se met debout sur sa chaise et récite :

« Papi Cléo est mon arrière-grand-père
C'est le plus vieux de la famille
C'est le père de mon grand-père
C'est le grand-père de mon père
Il aime écouter les histoires
Il aime écouter des chansons
Tout le monde l'aime
Bon anniversaire Papi Cléo. »

Applaudissement de toute la salle. Kévin saute de sa chaise et court embrasser son arrière-grand-père. Sourire de ce dernier.

Joséphine allume les bougies et approche le gâteau du centenaire :

— Allez Monsieur Gentil, au travail, il faut toutes les souffler, hi hi hi.

— Je voudrais que Kevin, Sébastien et Ambroise viennent m'aider, je n'y arriverai pas seul, murmure Cléophas.

Les quatre générations se mettent autour du gâteau et dans un grand souffle collectif, éteignent les cent bougies. Applaudissements. Cléophas lève la main pour demander le silence.

Il parle lentement, avec difficulté, essayant tant bien que mal de garder son dentier dans la bouche :

— Chère famille, chers membres du personnel du "Dernier Soupir", si prévenants pour moi, cher docteur, qui m'a si bien soigné, cher Monsieur le Maire, qui m'a si bien décoré, merci de m'accompagner pour cet anniversaire. Ce sera mon dernier, le docteur Leblanc me l'a confirmé ce matin. Je vais laisser ma place à un autre. J'ai vécu des moments magnifiques dans ma vie comme je n'en vivrai plus. Ma mère me disait, « lorsque tu as un petit moment de bonheur dans la vie, tu le transformes en une pépite. Tu ouvres un tiroir dans ton cerveau et tu la déposes, chacune représentera un instant heureux de ta vie. Quand tu seras triste, ouvre le tiroir et regarde-les, la vie te semblera plus belle ensuite ». Je dois vous avouer que mon tiroir déborde de pépites. J'en rajoute une aujourd'hui grâce à vous. Je vais partir sans regret et même avec un certain soulagement. Je sais que vous serez heureux sans moi. Aimez la vie comme je l'ai aimée...

Quelques larmes perlent dans les yeux de plusieurs membres de l'assistance. Cléophas reprend avec un léger sourire :

— Une petite remarque pour Monsieur le Maire, votre cravate mauve ne vous va pas du tout.

Le maire se penche vers sa voisine :

— Comment peut-il voir ma cravate ? Il est aveugle !

— Peut-être, peut-être pas, lui répond-elle.

Cléophas continue :

— Retenez une chose, une seule, sans amour, la vie serait bien triste et inutile. Bon appétit et merci Joséphine pour ce magnifique gâteau.

L'assemblée applaudit. Le mousseux coule dans les verres.

— Même pas du champagne pour mes cent ans, quel radin mon fils, dit Cléophas à Joséphine.

— De toute façon, vous ne buvez presque plus.

— Oui mais quand même…

— Vous ne mangez pas mon gâteau ?

— Si si, mais je prends le temps de le savourer. Merci Joséphine.

Le centenaire est rapidement reconduit dans sa chambre après avoir fini son bol. Dans la voiture d'Ambroise, Mimi est d'humeur joyeuse :

— C'est vrai qu'il n'en a plus pour longtemps ton père, il a vraiment une sale tête. Quand je pense qu'il nous a interdit de faire des changements de décoration dans l'Aventurine de son vivant, tu vas voir que je ne vais pas me priver maintenant. J'en ai marre de vivre dans ses souvenirs.

— Il n'est pas encore mort Mimi.

— Oui mais c'est tout comme, un cadavre vivant, une momie.

— N'oublie pas que tu parles de mon père.

— Ton moribond de père. Je peux appeler les décorateurs demain ?

— S'il te plaît, attend l'annonce de sa mort.

— D'accord mais fait en sorte qu'il soit mort demain. Je n'en peux plus d'attendre, je suis trop impatiente.

— Cela fait dix ans que tu attends, alors, quelques jours de plus…

— Qui peut le plus peut le moins.

— Encore une de tes phrases idiotes, murmure Ambroise.

— T'es bien comme ton père. Tu ne me comprendras jamais.

— J'essaye pourtant, j'essaye, mais parfois, tes pensées défilent trop vite pour moi.

Ambroise raconte.

Ma vie me donne l'impression d'une fuite perpétuelle. Lorsque j'étais un enfant à l'Aventurine, j'ai passé des moments heureux, très heureux mais j'étais très seul. Fils unique, je n'avais souvent que la bonne avec qui parler. Certes, la maison était grande avec un bateau et un cheval, mais tout cela ne nourrit pas les rêves. J'ai toujours voulu partir aussi je suis devenu pilote d'avion. Quelle erreur ! Un pilote d'avion part et revient toujours. On visite le monde par petits bouts et on retourne toujours à la case départ.

Je suis tombé amoureux d'une ravissante hôtesse de l'air dont le quotient intellectuel résulte du croisement d'un perroquet avec un chien. Je l'ai aimé et elle m'a donné un adorable fils. Quand je revois ma vie, 75 ans déjà, je trouve le bilan bien triste. Je me retrouve avec ma Mimi, toujours pleine d'idées farfelues à la con. Elle m'est fidèle, toujours près de moi, dans mes pattes. J'aurais aimé acheter un bateau, partir loin, m'évader, mais Mimi est terre à terre. Elle a toujours voulu habiter dans la maison de mon père, « une maison de ce standing, on ne va pas la laisser vide quand-même ! ».

Nous nous sommes installés à l'Aventurine après son départ dans l'Ehpad, sur suggestion et insistance de Mimi. Je ne sais pas si mon père était content, mais ma femme, oui ! J'avais 65 ans, retraité. Nous aurions pu faire des aménagements pour maintenir mon père dans sa maison, il en avait les moyens, mais Mimi m'a poussé à l'installer au "Dernier Soupir". Quel triste nom pour une maison de retraite. Avec le recul, je me rends compte qu'elle avait raison. Il est bien entouré et ses derniers jours sont moins pénible avec toute son équipe médicale. Quand je vois sa dernière demeure de l'autre côté de l'Erdre, je ressens un pincement au cœur en imaginant mon père dans son lit. Je devrais être à côté de lui pour lui tenir la main. Mimi m'a dit de le laisser tranquille, on nous appellera pour ses derniers instants. Ils sont très proches maintenant. Si Mimi a dit…

Le Curé.

Le Père Julien entre dans la salle des infirmières.
Josiane l'accueille :

— Bonjour, vous êtes le Père Julien ?

— Bonjour mon enfant. Effectivement, je suis le
Père Julien. Le docteur Leblanc m'a demandé de passer
voir Monsieur Gentil. Je peux le rencontrer ?

— Je ne sais pas s'il vous parlera. Il a passé une nuit
tranquille, l'infirmière de nuit de ne l'a pas entendu alors
qu'il est généralement insomniaque. Il n'a pas encore
ouvert les yeux ce matin. Ce n'est pas son habitude. Il
était extrêmement fatigué hier pour ses cent ans. On le
laisse tranquille, il est mourant. Vous pouvez y aller, il
était encore vivant il y a quinze minutes mais si ça se
trouve, il est mort.

— Merci de ces précisions. Je vais voir ce qu'il en
est.

Le prêtre toque à la porte, pas de réponse. Il entre,
voit l'homme immobile dans son lit, s'approche, il n'est
pas mort. Sa poitrine se gonfle lentement mais sûrement,
comme dans un paisible sommeil. Il tousse pour signaler
sa présence. Pas de réponse. Il tousse un peu plus fort.
Cléophas bouge enfin, ouvre les yeux et demande lentement d'une voix faible :

— Qui est là ?

— Je suis le Père Julien, curé de la paroisse de la
Chapelle sur Erdre. Vous m'avez demandé de venir ce
matin.

— Merci mon Père. Pourriez-vous appuyer sur la commande électrique pour relever mon dossier et me donner un verre d'eau je vous prie ?

Le prêtre s'exécute et aide le vieillard à boire. Ce dernier lui demande :

— Curé, j'ai passé pour la première fois depuis des années une très bonne nuit. Une nuit complète, sans me réveiller une seule fois. En fait si, une fois, j'ai entendu un bruit d'ailes, comme si un volatile arrivait dans ma chambre puis plus rien et je me suis rendormi. J'ai fait des rêves, des beaux rêves avec ma défunte épouse. Est-ce un signe de ma mort proche ?

— Je n'en sais rien. Comment le saurais-je ?

— Parce que c'est votre boulot de savoir ça et ce qui se passe après la mort. Curé, vous croyez en Dieu ?

— Quelle question, bien sûr ! Ma vie est basée sur ma croyance pleine et entière en Christ ressuscité.

— Et à l'enfer ?

— Cela fait partie de la Bible.

— Moi je crois que l'enfer est sur terre. Dieu n'a pas besoin d'inventer un autre enfer. Vous ne croyez pas que ma vie est devenue un enfer ? Je ne peux pas bouger sans avoir des douleurs partout, je ne vois plus, je ne peux plus marcher ni me nourrir seul. Je peux seulement écouter la radio et des livres audio lorsqu'une bonne âme accepte de mettre la machine en marche. Je vous le dis, Curé, la fin de vie, c'est l'enfer.

— Je ne suis pas d'accord. Dieu a créé la vie sur terre et l'homme à son image…

Cléophas l'interrompt :

— Vous avez vu dans quel état je suis ? Vous pensez vraiment que je ressemble à Dieu ou que Dieu me ressemble ? Quelle baliverne !

— Vous m'avez fait venir pour quoi exactement Monsieur Gentil ?

— Je vais mourir. Qu'est-ce qu'il faut que je fasse si je suis en face de Dieu ? Je n'ai pas été très porté sur la religion ces dernières années. Si Dieu existe, que va-t-il se passer ?

— Dieu existe, il va vous accueillir dans son Amour. Je peux vous donner les derniers sacrements si vous le souhaitez.

— Cela changera quoi ?

— Cela facilitera votre passage vers Lui.

— Vous êtes sûr !

— Sûr.

— J'ai quoi comme garantie ?

— Aucune, c'est ça croire en Dieu.

— Je savais bien qu'il y avait une arnaque quelque part. En fait vous n'en savez rien. Allez Curé, faites le minimum légal. Je ne veux pas me fâcher avec le bon Dieu, au cas où…

— Vous devez d'abord vous confesser.

— Pour dire quoi ? Mes péchés ? Je les garde pour moi. Je lui dirai en face. Allez-y, faites ce qu'il faut qu'on en finisse.

— Désolé mais il me faudrait au moins un péché pour avoir l'absolution.

— C'est une nouvelle règle ?

— C'est ainsi, je n'y peux rien changer.

— Alors, si je vous en dis un vous ne le répèterez à personne ?

— Ce sera entre moi, vous et Dieu.

Cléophas prend le temps de réfléchir, il sourit et dit :

— Lorsque j'étais petit, j'avais mis un crapaud dans le placard à épices de la cuisine. Ma mère a hurlé en ouvrant le placard. Cela a fait un scandale. J'ai laissé accuser la bonne qui a été renvoyée. Ça vous va comme péché ?

— Très bien, je prends. Vous en avez d'autres ?

— C'est mon plus gros. Je vous laisse terminer votre travail. Allez-y.

— Bien Monsieur Gentil. Je vais officier. Vous pouvez rester tranquille.

— Pas de risque que je bouge. Pas de risque.

Sortant de la chambre, le Père Julien retourne dans la salle des infirmières. Josiane lui demande :

— Il est mort ?

— Pas encore. Il réclame son petit-déjeuner.

— Il a faim ?

— C'est ce qu'il m'a dit.

— Ce n'est pas normal, il ne mange pratiquement plus depuis un mois.

— Je vous laisse voir cela avec lui. Il peut mourir en paix. Il a eu tous les sacrements possibles et ira droit au ciel, je lui ai balisé l'autoroute de Dieu.

— Oh ! Vous êtes un poète mon Père.

— Si vous avez un petit café pour le poète, je ne suis pas contre.

Trop long.

— Ras-le-bol d'attendre. Fais quelque chose !

— Mais qu'est-ce que je peux faire, Mimi, qu'est-ce que je peux faire ? Réplique Ambroise. Il n'est pas mort un point c'est tout.

— Mais tu m'avais promis qu'il allait mourir rapidement, c'était une question d'heures et cela fait un mois qu'on attend. 30 jours, c'est long, trop long. Téléphone à son médecin et demande lui exactement quand il va mourir. Je veux savoir. Je veux refaire toute la décoration de la maison et Monsieur Ambroise Gentil ne veut pas tant que son papa n'est pas mort. Il n'en saura jamais rien, il est aveugle et ne reviendra jamais ici !

— Tu pourrais avoir un peu de décence quand même, tu parles de mon père.

— J'ai 73 ans, je suis vieille, je n'ai plus le temps d'attendre ! Téléphone au docteur Leblanc. J'attends. Je mets le haut-parleur.

Elle lui tend le téléphone. Avec un gros soupir, Ambroise compose le numéro du médecin et demande à sa secrétaire de lui parler.

— Bonjour docteur Leblanc, Ambroise Gentil à l'appareil. Désolé de vous déranger mais pourriez-vous me donner des nouvelles de mon père ?

— Bonnes, de bonnes nouvelles. Il va mieux, indéniablement mieux. Il boit normalement et mange raisonnablement pour son âge. Il prend de moins en moins de morphine et n'a aucun autre traitement. Très étonnant votre père. Je souhaiterais lui faire une prise de sang mais il refuse.

— Donc il va mieux.

— Oui.

— Il ne parle plus de mourir.

— Non.

— Vous ne savez donc pas quand il va mourir ?

— Il y a un mois, je vous aurais dit quelques heures, mais maintenant, je me garderai bien de tout pronostic. A croire que l'arrêt de tout son traitement l'a requinqué. Je ne sais pas quoi dire de plus.

— Ne dites rien. N'hésitez pas à m'appeler s'il va plus mal, cela me fera plaisir.

— Plaisir ?

— De vous entendre bien sûr, même s'il s'agit d'une mauvaise nouvelle.

— Ah bon ! J'avais mal compris.

— Bien, je vous laisse, termine Ambroise mal à l'aise, merci de ces renseignements et bonne journée Docteur.

— Bonne journée Monsieur Gentil.

Il raccroche et regarde Mimi.

— Trop long, beaucoup trop long, enrage-t-elle.

Et elle quitte la pièce en claquant la porte. Ambroise hausse les épaule et marmonne :

— Moi j'aime bien la décoration des parents, un peu passée mais agréable. Et puis, des ouvriers partout, quelle plaie, choisir des peintures, des objets, des papiers-peints, j'en suis fatigué d'avance.

Il regarde son chien, un magnifique springer spaniel.

— Vient Pitch, on va se promener. Toi au moins, tu ne me donnes pas d'ordres.

Joséphine.

C'est l'heure du ménage de la chambre de Cléophas, Joséphine frappe et entre sans attendre la réponse.

— Sortez tout de suite, je ne suis pas présentable !

— Bien sûr Monsieur Gentil, ça fait longtemps que vous n'êtes plus présentable, mais je ne m'occupe que de votre chambre, pas de vous, hi hi hi. Comment allez-vous aujourd'hui ?

— Joséphine, vous êtes le rayon de soleil de cette chambre. Vous entrez et la joie pénètre dans mon cœur.

— Vilain flatteur, hi hi hi. Vous, vous voulez quelque chose !

— J'ai une envie, une énorme envie. Je ne sais pas à qui m'adresser alors je vous le demande. Acceptez-vous ?

— Mais bien sûr, j'accepte, mais il faut me dire ce que vous voulez !

— Cette demande n'est pas raisonnable, vous avez le droit de ne pas accepter, je comprendrai et ne vous en tiendrai pas rigueur.

— Mais puisque j'ai dit oui, ne tournez pas autour du pot !

— J'admire votre dévouement, vous êtes unique, magnifique, impressionnante et si élégante…

— Arrêtez vos flatteries et dites-moi ce que vous voulez.

— Vous ne vous moquerez pas ?

— Peut-être, peut-être pas, je ne sais pas.

— Alors, je me lance.

— C'est ça, lancez-vous.

— Joséphine, demain, à l'heure du petit-déjeuner, est-ce que vous pourriez m'apporter un croissant frais au beurre ?

— Oh là là ! Est-ce bien raisonnable, tout un croissant pour Monsieur Gentil ?

— Cela fait si longtemps que je n'en ai pas mangé. J'essaye de me remémorer son goût mais je n'y arrive plus. J'aimerais tellement en déguster un. Pouvez-vous accéder à ma demande ?

Joséphine chuchote en prenant un air de conspiratrice :

— Ce sera difficile, très difficile, mais je ferai mon possible. Il faudra être discret, que personne ne le sache sinon il y aura de la jalousie dans la maison de retraite.

Et elle éclate de rire. Cléophas rit lui aussi, heureux de pouvoir le faire sans avoir mal. Ses douleurs osseuses se sont calmées ces derniers jours, lui permettant de se mouvoir plus facilement dans son lit.

— Bon, ce n'est pas qu'on s'ennuie, mais la poussière s'accumule Monsieur Gentil. Vous me donnez du travail supplémentaire vous savez, maintenant que vous retournez dans votre fauteuil, il faut aussi le nettoyer, hi hi hi.

Le croissant.

7h30, le petit déjeuner est déposé sur sa table de malade au-dessus de son lit. Une petite boite en carton blanc trône sur le plateau. Cléophas sourit, l'odeur de la viennoiserie lui chatouille les narines.

Délicatement, il ouvre le carton et sort le croissant. Il croustille, le beurre graisse ses doigts. Il arrache délicatement un morceau et savoure la bouchée. Petits bouts par petits bouts, il déguste la totalité du croissant, essayant de ne pas en perdre une miette, les yeux plissés par le plaisir.

— Une petite gâterie pour un grand bonheur. Une nouvelle pépite pour mon tiroir.

Mimi.

Dans le salon de l'Aventurine, Marie-Michelle laisse éclater sa colère :

— Six mois, cela fait six mois qu'il aurait dû mourir ! Et qu'est-ce qu'il fait à la place ? Rien. Il mange, il rit, il discute, il nous nargue ! Tu te rends compte ? Il y a six mois, il tenait à peine dans son fauteuil et maintenant, Monsieur se promène tranquillement avec son déambulateur. Qu'est-ce que c'est que ces histoires ? Et sa leucémie, son cancer de la prostate, pourquoi ils ne progressent plus ? Une métastase dans le cerveau et hop, on en parle plus !

— N'oublie pas que tu parles de mon père, réplique mollement Ambroise. Un peu de respect quand même.

— Il pourrait avoir la délicate attention de mourir rapidement, là j'aurais du respect pour lui. Mais non, Monsieur ne veut pas mourir ! Je suis sûre que les infirmières lui font des piqûres pour le requinquer. Si dans un mois il n'est pas mort, je commencerai quand même les travaux. Tant pis.

— Un peu de patience ma Mimi chérie, un peu de patience, il finira bien par trépasser quand son heure sera venue. Pour le moment, il faut profiter de ces instants avec lui. Il a un petit rab de vie, il faut l'accepter avec bienveillance.

— Six mois ! hurle Marie-Michelle, c'est plutôt un gros rab, un trop gros rab. Fais-en sorte qu'il soit mort la semaine prochaine.

Elle quitte la pièce en claquant la porte. Ambroise se lève et va se servir un petit verre de rhum vieux. Pitch le regarde avec envie.

— Au moins tu ne me fais aucun reproche toi. Ne me regarde par comme ça, tu n'auras pas de rhum. C'est une boisson d'homme, je ne suis pas sûr que tu tiennes l'alcool.

Le chien le regarde et bouge la tête sur le côté avec des yeux larmoyants.

— Bon, d'accord, mais juste sur le bout du doigt. Tu ne te plaindras pas si tu as une cirrhose plus tard.

Pitch lèche le doigt en remuant la queue, heureux du moment que l'on s'occupe de lui.

— Tu es un bon chien Pitch. Explique-moi pourquoi mon père va mieux s'il te plaît, je nage dans le brouillard.

Pitch pose sa tête sur la cuisse d'Ambroise avec un regard triste. Ambroise le caresse lentement, les yeux dans le vague, songeur.

L'enterrement.

L'orgue assène les dernières mesures. Au fond de l'église, une file se forme. Un ami lui serre la main :

— Mes condoléances Monsieur Gentil, toutes mes condoléances.

— Merci beaucoup de votre présence.

Il passe à son voisin :

— Mes condoléances Monsieur Gentil, toutes mes condoléances.

— Merci beaucoup de votre présence.

Il passe à son voisin :

— Mes condoléances Monsieur Gentil, toutes mes condoléances.

— Merci beaucoup de votre présence.

— Si brutal, qui aurait pu l'imaginer. Ce sont toujours les meilleurs qui partent les premiers, hélas.

Alignés au fond de l'église, Ambroise, Sébastien et Cléophas serrent les mains. Après la dernière personne, Cléophas se penche vers son fils :

— Tu m'excuses Ambroise, mais je suis trop fatigué pour vous suivre au cimetière. Joséphine va me raccompagner à la maison de retraite. J'ai déjà eu trop d'émotions pour cette journée.

— Comme tu voudras papa. Je suis content que tu aies pu venir à l'église. Mimi nous regarde de là-haut et nous envoie tout son amour.

— Certainement, si tu le dis. A bientôt mon fils.

Après une dernière embrassade, Joséphine pousse son fauteuil roulant vers la voiture. Cléophas lui explique :

— Je n'aime pas ces phrases toutes faites. Mes condoléances, mes condoléances. Ça ne veut rien dire ! On ne sait pas quoi dire dans ces circonstances alors, mes condoléances, ça passe très bien. Toutes mes condoléances ! Tu me les donnes toutes ? Oui toutes ! gardes-en un peu pour les autres, il ne faut pas toutes me les donner, il y aura d'autres enterrements, ne t'inquiète pas.

— Monsieur Gentil, répond Joséphine, je vous trouve acerbe aujourd'hui.

— Vous trouvez ? Les gens ne réfléchissent pas à ce qu'ils disent. Ecoutez cette phrase : "Ce sont toujours les meilleurs qui partent les premiers". Ça veut dire que ce sont les moins bons qui restent, la crasse de l'humanité ? Encore une phrase qui ne veut rien dire. Marie-Michelle n'était pas meilleure ni pire que moi. Qui est meilleur que l'autre, qui peut en juger et sur quelle échelle ?

— Vous êtes en pleine forme Monsieur Gentil aujourd'hui.

— A croire que l'enterrement de mon idiote de belle-fille me requinque.

— Idiote ?

— Je vais vous faire une confidence. Un jour, elle a eu un scanner de son cerveau car elle se plaignait de maux de tête. Le résultat fut surprenant, le radiologue n'avait jamais vu ça. Son crâne était vide, pas de cerveau, juste un pois chiche.

— Et on peut vivre avec un pois chiche à la place du cerveau ?

— La preuve.

Ils arrivent près de la voiture. Joséphine installe Cléophas et range le fauteuil dans le coffre.

— J'aime beaucoup cette voiture électrique, dit le vieil homme. Pas de bruit, on peut se parler sans hausser la voix.

— C'est le progrès, répond Joséphine. Les moteurs à explosion vont disparaître, ils n'ont plus le droit d'aller dans le centre des grandes villes alors forcément, personne n'en veut plus. C'est la guerre contre la pollution et le réchauffement climatique.

— Vive le progrès.

— Démarrage, dit Joséphine, retour à la maison de retraite "le dernier soupir".

La voiture manœuvre seule pour sortir du parking et s'engage sur la route.

— Vous devriez prendre le volant, Joséphine, c'est dangereux de laisser la voiture conduire toute seule.

— Ne vous inquiétez pas, Monsieur Gentil, vous avez moins de risque d'avoir un accident que si c'est moi qui conduis, hi hi hi.

— Ce serait bête de mourir d'un accident de voiture la veille de mes 101 ans.

Le dentiste.

Pour mes 101 ans, mon fils souhaite m'offrir un cadeau. Je lui ai proposé de me faire confectionner un nouveau dentier. J'en ai assez de mâchouiller la nourriture, ras le bol de la bouillie. Je vais mieux, indéniablement mieux. Certes, j'ai toujours de l'arthrose et je dérouille le matin au réveil, mais cela fait plus de 50 ans que ces douleurs m'accompagnent. Je me déplace avec mon déambulateur, pas bien loin car je ne vois mal, seulement des ombres autour de moi. Je crains de tomber et de me casser car personne ne voudra me rafistoler à mon âge. Prudence donc. Mon kiné est très étonné de mes progrès, moi aussi.

Le docteur Leblanc est mécontent. Je refuse qu'il me fasse une prise de sang et des radiographies, lui rappelant sa promesse pour mes 100 ans. Il ne comprend rien à ma santé. « Vous devriez être mort » me dit-il avec une certaine délicatesse. Entre médecins, on peut parler franchement. Je lui dis de faire comme si j'étais mort et de me ficher la paix. Mais non, il revient encore et toujours me voir, pour comprendre pourquoi je suis vivant. Je n'ai pas de réponse à lui donner.

Joséphine, ma bonne fée, m'a emmené chez mon dentiste ce matin. Je lui ai demandé un dentier "haut de gamme", après tout, c'est mon fils qui paye. Il va dépenser beaucoup moins d'argent maintenant que sa femme est morte.

Le dentiste a tiqué sur un petit bout blanc pointant au milieu de la gencive inférieure. Il a fait une radio puis un panoramique dentaire, plutôt de mâchoire, n'ayant plus aucune dent.

— Je n'ai jamais vu ça, me dit-il.

— Expliquez-moi, docteur, que n'avez-vous jamais vu ?

— C'est inexplicable. Vous avez quel âge ?

— 101 ans.

— Je ne suis pas d'accord. La radio est formelle, vous avez des bourgeons dentaires. Le truc blanc dans la gencive, c'est une nouvelle dent qui pousse. Et vous avez toute une dentition à venir.

— Je ne comprends pas, expliquez-moi.

— Pour parler simplement, vous n'avez pas besoin d'un dentier puisque vous allez avoir une dentition complète dans les prochains mois.

— Vous êtes sûr ?

— Certain.

— Alors vous ne me faites rien ?

— Rien.

— Donc il n'y a rien à régler ?

— Juste les radios.

— Alors je paye et je récupère les radios.

— C'est du numérique, je vais vous faire un tirage papier.

— Merci jeune homme.

Il a insisté pour montrer mes radios à des collègues soi-disant plus compétents que lui, mais je n'ai pas voulu, je ne suis pas une bête de cirque, juste un vieux monsieur qui veut être tranquille pour ses derniers jours. J'ai récupéré mes radios pour les montrer au docteur Leblanc et demandé d'effacer son fichier. J'espère qu'il l'a fait, je ne peux pas vérifier de toute façon.

Le docteur Leblanc a regardé avec attention les clichés et est reparti en disant qu'il va faire des recherches pour savoir s'il existe des cas similaires. Un cas, je suis devenu un cas, je n'ai pourtant rien demandé.

Cléophas et Ambroise.

Ambroise vient me rendre visite à l'Ehpad. Il frappe à la porte :

— Entrez, entrez, je ne peux pas vous ouvrir mais entrez quand même, crie Cléophas.

— Bonjour papa, répond Ambroise en ouvrant la porte, en forme aujourd'hui ?

Cléophas écoute la radio, assis dans son fauteuil. Il l'éteint et sourit. Sa petite dent perce sur sa gencive inférieure.

— Assied-toi mon grand. Je suis content de te voir. J'ai un bonne nouvelle pour toi.

— Une bonne nouvelle ? Je suis preneur. Depuis le décès de Mimi, je suis plongé dans les paperasses et j'ai vraiment besoin de me changer les idées.

— Je t'ai demandé pour mon anniversaire un dentier et je n'en aurai finalement pas besoin.

— Il a pu adapter ton ancien dentier ?

— Pas du tout. J'ai des nouvelles dents qui poussent. Regarde sur ma gencive.

Cléophas tire sa lèvre inférieure vers le bas, découvrant la petite dent qui pointe.

— C'est normal à ton âge d'avoir ce truc qui pousse ?

— Rien n'est normal depuis un an. Je devrais être mort et c'est ton épouse qui est décédée. Je suis en pleine forme, pour mon âge. L'aide-soignante m'a pesé aujourd'hui, 55 kg, le kiné me dit que j'ai des meilleurs muscles et je me déplace aux toilettes seul avec mon déambulateur. Tu te rends compte ? Je peux aller aux toilettes tout seul ! Je n'ai plus besoin de mettre de protection ! Bref, je revis, à mon petit niveau mais je revis.

— Je suis content pour toi papa.

— Et toi, comment vas-tu mon fils ?

— Je vais. La maison est bien vide sans ma femme. Elle prenait beaucoup de place.

— Je confirme.

— Elle avait des tas de projets pour la décoration de la maison. Par délicatesse, elle ne voulait pas faire de changement avant ta mort.

— C'est gentil de sa part, mais je tu sais bien que je m'en fiche royalement. Tu fais ce que tu veux, tu seras chez toi après mon décès et je n'y retournerai plus. Je suis malvoyant alors la décoration, tu imagines comme je m'en fiche.

— Il faut que je t'avoue quelque chose. J'ai dit à Mimi que tu ne voulais pas qu'on change la décoration avant ta mort.

— Mais pourquoi donc ?

— Elle avait des goûts bizarres, comme mettre du rose partout, des froufrous, du fuchsia, bref, si je l'avais laissé faire, j'aurais eu l'impression de me retrouver dans un bordel.

— Tu vas souvent dans des bordels ?

— Non, mais j'imagine bien ce que cela peut donner.

— Je comprends ton point de vue. Et maintenant, tu comptes faire des changements ?

— Pas beaucoup, rafraîchir quelques peintures, refaire le toit, rien de terrible. Je compte voyager un peu, je ne suis pas encore trop vieux pour cela.

— Profite de ta jeunesse, voyage, le temps passe vite, chaque jour qui passe te rapproche de ta mort, ne l'oublie pas. Tu me retrouveras toujours dans ma maison de retraite, tant que Dieu, s'il existe, me garde en vie.

Réflexions.

Cartésien et scientifique, étant un ancien médecin, j'aime que les choses soient nettes et claires mais c'est hélas loin d'être toujours le cas en médecine. Je ne veux pas que le docteur Leblanc me fasse une prise de sang, il m'a fait une promesse et doit la tenir.

Par-contre, je veux savoir ce qui se passe en moi et pourquoi je vais mieux. J'ai demandé à Roselyne, la femme de Sébastien, de me faire un bilan sanguin. Elle est biologiste et peut le faire en toute discrétion, sans que personne d'autre ne le sache.

Elle est venue me donner les résultats. « Un jeune homme » m'a-t-elle dit. Je n'ai plus de diabète, les PSA sont normales, ma prostate me laisse tranquille, le nombre de globules blancs, de globules rouges et de plaquettes ont réintégré les normales, mes reins fonctionnent à merveille et il n'y a plus aucun signe d'insuffisance cardiaque.

Je n'ai jamais vu ça de toute ma carrière professionnelle. Une leucémie et un cancer de la prostate guérissant spontanément. Comment interpréter ces faits ? Un miracle ? Faut-il croire en Dieu pour croire aux miracles ou faut-il un miracle pour croire en Dieu ? Qu'ai-je fait pour en bénéficier ? Certes, la guérison est indéniable, mais je suis toujours aussi vieux. Et comment interpréter ces dents qui poussent ?

J'ai beau tourner tout cela dans ma tête, une seule explication me vient à l'esprit, je rajeunis. Certes, lentement, très lentement, mais indéniablement. La prise de poids, les muscles un peu plus vaillants, une autonomie modérée, les problèmes d'incontinence résolus, tous ces signes sont nets. Je n'ai plus envie de mourir, je veux voir la suite et surtout, comprendre pourquoi cela m'arrive.

Roselyne ne dira rien à personne, même pas à son mari, elle est médecin, tenue par le secret médical.

Mimi est morte, encore un décès. Une personne de moins dans une petite famille, cela compte. Je ne l'appréciais pas beaucoup mais sa bêtise me manque déjà, comme quoi, on peut aimer à la médiocrité. Ambroise se retrouve dans la même situation que moi, veuf à 76 ans, j'en avais 80 lors du décès d'Eudoxie. Il se retrouve seul dans ma grande maison. Dans deux ou trois ans, il retrouvera la joie de vivre, ou pas. Certaines personnes ne font jamais le deuil de leur conjoint et n'aspirent qu'à les rejoindre, triste fin de vie ! Elle nous réserve pourtant toujours des petits plaisirs, il faut les chercher et être prêt à les accueillir avec humilité et bonheur.

50 ans.

Aujourd'hui, Joséphine m'emmène chez Sébastien pour son anniversaire, 50 ans. Mon petit-fils a 50 ans, Kévin a 10 ans et j'en ai 105. Quand on y pense, est-ce bien raisonnable d'inviter son grand-père de 105 ans à son anniversaire ? Je pense que oui. Si je meurs, autant que ce soit en faisant la fête, c'est plus gai.

Grace à ma nouvelle dentition, je croque la vie à pleines dents, à faire pâlir d'envie toutes les vieilles dames du "dernier soupir". Je ne les vois pas bien, mais je sais qu'elles admirent mes quenottes. Je déjeune dans la salle à manger, toujours en déambulateur mais je songe à reprendre ma canne remisée dans mon placard. Un début de resocialisation. Je discute avec des vieilles dames et de rares vieux messieurs. Ils ressassent leurs souvenirs, me parlent de leurs enfants, leurs petits-enfants, leurs arrières, STOP ! Qu'on me parle du présent, des actualités, des guerres, de l'économie mondiale, des chefs d'états, des voyages dans l'espace, Mars et pourquoi pas dans les autres galaxies ! Le monde se rétrécit autour de leurs familles et de leurs petits problèmes. Je les excuse, je faisais pareil. Leurs conversations m'ennuient. Des conversations de vieux, à me faire croire que je suis vieux. C'est quoi être vieux ? Quelle est la définition de vieux ? Dans le dictionnaire, un vieux est une personne "avancée en âge, qui a vécu son temps, qui est dans la vieillesse". Bref, des mots pour ne rien dire. On est toujours le vieux de quelqu'un. Lorsqu'on naît, on est le plus jeune, mais on sera plus vieux que le bébé naissant après soi et ainsi de suite. Les élèves de 11ème, on dit CP maintenant, sont plus vieux que ceux de maternelle. Quand on est en 6ème, on est en admiration devant les vieux de terminale et quand on est en terminale, les gens de 50 ans sont des vieux schnocks. A 50 ans, on se sent encore jeune, en pleine force de l'âge et pourtant, 10 à 15 ans plus tard, c'est la retraite, pour ceux qui y arrivent, la mise au rebut, bon à rien ou bon pour tout, cela dépend de sa santé. Pour beaucoup de retraités, cela veut dire "une petite vie autour de ses problèmes de santé".

Joséphine, ma fidèle amie, s'est proposée pour me conduire chez Sébastien. Je ne connais pas sa nouvelle demeure, une grande maison à Clisson avec une piscine, un tennis et une salle de billard. Lui et Roselyne ont aussi un chalet dans les Alpes et un grand appartement à La Baule, face à la mer. Tous les signes extérieurs de la réussite sociale. Est-ce qu'ils ont le temps d'en profiter au moins ?

Je suis heureux d'aller chez eux. Un vieux est toujours heureux de sortir de sa prison, prison du corps, prison du lieu, prison de la vie. J'ai l'impression de me rendre dans un lieu où je ne devrais pas avoir le droit d'aller, normalement, mais je ne suis pas normal, je rajeunis, j'ai 105 ans et je suis de plus en plus jeune. Je pense que Roselyne l'a deviné.

Joséphine me dépose devant sa maison. Elle me dirige avec mon déambulateur. Ma vision ne me permet pas de me sentir pleinement à l'aise dans mes déplacements mais je sens qu'elle revient doucement. Je commence à déchiffrer les gros caractères. Grâce à mon rajeunissement, je vais voir de mieux en mieux, je vais pouvoir lire, regarder la télévision, me déplacer sans me casser la figure. Je suis impatient. Un vieux se doit d'être patient, mais je suis impatient de redécouvrir la vie et la simplicité de marcher seul, sans aide.

Un jeune homme se précipite vers moi :

— Papi Cléo, papi Cléo, je suis content que tu sois venu.

Je souris à pleines dents :

— Bonjour, Kévin, je suis très heureux de venir pour l'anniversaire de ton papa. 50 ans, il est vieux ton père.

— Pas autant que toi papi Cléo.

Il sautille autour de moi. J'entre dans la maison, Roselyne m'accueille avec gentillesse et simplicité. Je lui fais un clin d'œil. Tous les ans, elle me fait un bilan sanguin, en catimini, sans le dire à personne. Tout est nickel, je vais toujours bien. Pas de maladie en vue.

Quelle belle fête familiale avec ma petite famille, moi-même, Ambroise, toujours seul, il aurait pu se remarier mais non, « j'ai 80 ans, je suis trop vieux pour supporter une nouvelle épouse et elle aurait du mal à me supporter », Sébastien et Roselyne, en pleine forme et mon arrière-petit-fils, Kévin. Les parents de Roselyne sont de la fête. Champagne, petits fours, déjeuner somptueux sur la terrasse, du foie gras, du homard, cela me change de la cantine de mon Ehpad. Ce soir, le "jeune "

Sébastien fera la fête avec ses amis. Petite sieste après le déjeuner avant que Joséphine ne vienne me rechercher avec sa voiture magique. Retour dans mon chez-moi, quinze ans déjà que je vis dans l'Ehpad ! Une éternité. Ma santé va mieux mais je garde mes conclusions pour moi, je ne veux pas devenir une bête de foire pour scientifiques. Le docteur Leblanc vient toujours me voir en secouant la tête avec un air perplexe. Je lui accorde le droit de prendre ma tension, juste pour lui faire plaisir. Il me propose encore et toujours de faire une prise de sang. Je lui réponds : « Pas de piqûre, docteur, j'ai horreur des piqûres ! »

Il rit car il sait que je m'en fiche royalement mais un contrat est un contrat, pas de bilan, pas de radio, il me laisse tranquille, il s'est fait une raison.

110 ans.

Rien, je n'ai rien pu faire, je n'ai pas voulu quoi que ce soit, mais je n'ai pas eu mon mot à dire, la directrice me l'a imposé. Aujourd'hui, on fête mes 110 ans. A croire que ma vie est rythmée par les anniversaires. Faut-il vraiment fêter cet âge avancé ? Je n'ai manifestement pas le choix.

10 ans auparavant, j'étais dans un piètre état, à l'article de la mort, encore une expression qui ne veut rien dire et tout dire à la fois. Mon rajeunissement m'étonne encore plus que mon entourage. Ils ne comprennent toujours pas pourquoi je vais mieux. Qu'ils se rassurent, moi non plus. Autant j'ai subi la vieillesse, autant je subis le rajeunissement. Je trouve surtout que cela ne va pas assez vite, c'est long, très long.

Quels progrès ai-je fait en cinq ans ? Ma vision s'est améliorée. Je peux regarder la télévision, mais c'est encore flou. Mon ophtalmo me dit que ma vision « n'est pas si mauvaise pour mon âge ». Qu'est-ce qu'il en sait ? Je suis son seul patient de 110 ans. Mon déambulateur est rangé, définitivement je l'espère. Ma canne ne me quitte plus, je me promène sans difficulté dans le jardin de la résidence, je ne tombe presque jamais et surtout, je peux me relever seul. Je suis totalement autonome pour ma toilette. Mes nuits sont complètes, sans les multiples réveils nocturnes pour des problèmes de prostate. Un point négatif, mon arthrose me fait toujours souffrir mais je m'y suis habitué, depuis le temps.

Roselyne me fait toujours ma prise de sang annuelle, non divulguée bien sûr. Tout va bien ! Bref, un vieux jeune homme. Dix ans que je devrais être mort, dix ans de bonus. Pour quoi faire ? Je me le demande encore. Je vais devenir un explorateur de la vie. Un enfant découvre la vie et toutes ses possibilités. J'ai connu la vieillesse et je redécouvre la vie avec gourmandise.

On frappe à ma porte. Kévin vient me chercher pour m'emmener à la salle à manger.

— Bonjour papi Cléo.

Il se penche vers moi pour m'embrasser. 15 ans, un adolescent en pleine forme, très grand pour son âge. Je le vois presque distinctement, il est beau mon arrière-petit-fils, je suis fier de ma descendance.

— Je suis prêt, je t'accompagne.

Dans la salle à manger, le personnel est présent avec ma famille, le maire, le docteur Leblanc et une journaliste.

Une journaliste ? Qui l'a fait venir ? La directrice, ce doit être elle la coupable. Elle veut certainement un peu de publicité gratuite pour son Ehpad. « Les résidents vivent vieux, on s'occupe bien d'eux, regardez Monsieur Gentil comme il va bien ! ». Il va falloir que je lui tire les oreilles mais je me garderai bien de le faire devant tout le monde. Je veux que l'on me laisse tranquille. Je ne suis pas une bête de foire, une Jeanne Calment en devenir. Que faire ? Le vieux. Je vais faire le vieux, je sais très bien le faire.

Je me voûte, prends une démarche incertaine et cogne ma canne partout. Je m'assoie dans un fauteuil et je demande à parler à mon médecin en bavant un peu pour que ce soit plus crédible. Il penche son oreille vers moi et je lui dis :

— Docteur, je me sens très bien mais je ne veux pas de photos avec cette journaliste. Tu prétextes que je fais un malaise et tu la vires fissa, s'il te plaît. Pas de publicité pour un vieux machin comme moi.

— D'accord Monsieur Gentil, répond le docteur Leblanc avec un sourire entendu.

Il s'approche de la journaliste et lui explique mon problème. Elle comprend et s'éclipse discrètement. La directrice est furieuse, ses yeux me lancent des éclairs mais, comme disent les jeunes, je l'emmerde ! La journaliste partie, je me remets d'aplomb pour faire honneur au gâteau de Joséphine.

— Encore un gâteau à la noix de coco, Monsieur Gentil, hi hi hi, je ne sais même pas si vous aimez ça ?

— J'aime tout de vous Joséphine, et surtout votre bonne humeur.

— Vous savez, avec tous mes enfants, il faut toujours être de bonne humeur.

— Et vous trouvez le temps de faire un gâteau pour moi ?

— Toujours pour vous Monsieur Gentil.

— Dommage que vous soyez mariée.

— Deux divorces et trois maris, le dernier est le bon, j'espère, hi hi hi.

Le gâteau est partagé et les bulles appréciées.

— Kévin, demande Cléophas, tu n'as pas un petit quelque chose à réciter ?

Kévin est en pleine adolescence, sa voix mue et prend des intonations bizarres.

— Ben, euh, non !

— Tu ne pourrais pas me redire le poème que tu m'as récité il y a 10 ans ?

— Ben non, me souviens plus, c'est trop loin.

— Tu vois Kévin, explique Cléophas, lorsqu'on apprécie certaines choses, on s'en souvient toujours. J'ai adoré ton poème pour mes 100 ans, il est gravé dans ma mémoire.

Et il récite :

« Papi Cléo est mon arrière-grand-père
C'est le plus vieux de la famille
C'est le père de mon grand-père
C'est le grand-père de mon père
Il aime écouter les histoires
Il aime écouter des chansons
Tout le monde l'aime
Bon anniversaire Papi Cléo. »

Applaudissement de convives.

— Tu te souviens de tout ça papi ? demande Kévin très étonné.

— Les moments importants, les petites fleurs de la vie, tous ces moments uniques, je m'en souviens. J'ai gardé cette pépite dans le tiroir de mon cerveau.

— Tu es incroyable papi !

— C'est la vie qui est incroyable, merci encore du plaisir que tu m'as fait il y a 10 ans.

Le maire s'approche et serre vigoureusement la main de Cléophas.

— Pas de médaille cette année ?

— Je n'ai pas trouvé de bonne raison de vous remettre une médaille. J'ai pourtant cherché. A la place, j'ai le plaisir de vous remettre un superbe bouquet de fleurs, de la part de toute la communauté de la Chapelle sur Erdre.

— Merci Monsieur le Maire, il est magnifique. Je peux vous poser une question ?

— Bien sûr.

— Vous ne mettez plus de cravate ?

— C'est démodé, cela fait plus jeune d'être sans cravate. Pour l'électorat, c'est mieux.

— Cela fait combien de temps que vous êtes maire ?

— 17 ans déjà, il va falloir que je laisse la place à un jeune.

— Je pense me présenter.

— A votre âge ?

— Je plaisante. Qui voterait pour un vieillard ?

— J'apprécie votre humour.

— Monsieur le maire, je voterai pour vous.

— Si je me présente.

Cléophas cogne discrètement son verre avec sa cuillère pour demander le silence. Il se lève et dit d'une voix forte :

— Je souhaite faire une annonce. Merci à tous d'être venu pour ce non-évènement. Les années ont passé depuis mon entrée dans ce magnifique établissement, 20 ans déjà. Cela me paraît incroyable d'avoir vécu toutes ces années ici, entouré, choyé par les membres du personnel, sa directrice, ses directrices car Madame Moisie est ma troisième directrice. Je ne compte plus les admirables personnes qui ont travaillé ici et que j'ai vu partir à la retraite. J'ai eu la tristesse aussi de voir partir toute une génération de résidents au cimetière depuis mon arrivée, cela me donne l'impression d'être un rescapé.

Après une gorgée de champagne, il reprend :

— On vient ici lorsqu'on est mal en point, qu'on ne peut plus prendre soin de soi-même. Avec les années, indubitablement, ma santé s'est améliorée. Ambroise et moi-même avons pris une grande décision. Je vais quitter l'établissement et rentrer chez moi, à l'Aventurine, habiter avec mon fils. Nous avons décidé de vieillir ensemble. Madame la directrice, je vous donne mon préavis, je pars demain.

Il s'assied. Stupeur dans l'assemblée, Ambroise applaudit, progressivement accompagné par les convives.

La directrice se penche vers le docteur Leblanc :

— Est-ce bien normal cette idée de partir ? Ce n'est jamais arrivé ici ! Je n'ai pas de protocole pour cela. Mort, oui, ça je sais faire, mais vivant, ce n'est pas possible ! Et ma réputation, il rentre chez lui, on va croire que l'Ehpad ne s'en occupe pas bien ! Faites quelque chose, dites-lui de rester, trouvez un moyen !

— Je ne connais personne d'aussi têtu que Monsieur Gentil, vous n'y pourrez rien Madame Moisie. Je le connais depuis plus de 20 ans et quand il a décidé quelque chose, il le fait, pas de retour en arrière. Je suis très content pour lui.

— Mais quand même, un si bon résident, quelle tristesse son départ, il va me manquer.

Le départ.

Ma chambre n'est pas grande, un lit médicalisé adossé au mur, une table de chevet, les élément fonctionnels et impersonnels de ce lieu. Une commode ancienne héritée de ma mère, des cadres posés dessus avec des photos, ma famille, Eudoxie, quelques amis, une petite table avec deux chaises et un fauteuil. Sur le mur sont accrochés plusieurs tableaux que j'apprécie. Je n'avais pas pu les admirer pendant des années. Un placard avec mes vêtements, une salle de douche, une vieille télévision, un poste de radio, un lecteur CD, tout cela a fait mon quotidien pendant 20 ans, c'est peu mais avons-nous besoin de plus ? Le déménagement sera rapide. Par la fenêtre, je regarde avec plaisir mon ancienne demeure. Je lui fais un petit coucou avec la main. Une onde de chaleur glisse dans mon corps, le plaisir, la joie de retourner chez moi, de retrouver ce lieu familier emplis de souvenirs. Je ne peux empêcher une larme de couler sur ma joue, une larme de joie.

Le téléphone sonne, Ambroise est arrivé. Je prends ma valise, seulement quelques vêtements, un déménageur viendra prendre le reste dans la journée. Je jette un dernier regard sur cette chambre où j'espère ne plus jamais remettre les pieds. Je ferme ma porte. Ma voisine de la chambre en face a laissé la sienne ouverte et me fait un petit adieu de la main avec un sourire triste. Elle va rester là et mourir, pas moi, est-ce juste ? Je retourne dans ma chambre prendre le bouquet du maire et le dépose sur la table de sa chambre. Je l'embrasse sur la joue, elle me serre tendrement les mains avec un grand sourire. Les mots ne sont pas nécessaires.

Devant la porte d'entrée, la voiture d'Ambroise m'attend. Tout le personnel me fait une haie d'honneur. Je marche vers la portière en serrant quelques mains. De chaque côté ils applaudissent. Je les entends : « Adieu Monsieur Gentil », « on vous aime Monsieur Gentil », « Revenez nous dire bonjour Monsieur Gentil ». Une journaliste est présente pour immortaliser mon départ, la directrice n'a pas pu s'en empêcher, peut-être sa petite vengeance pour l'affront d'hier ? Je sens que je ne serais bientôt plus l'incognito de l'Ehpad du "Dernier soupir". Je suis heureux de partir.

Ambroise m'installe à la place du mort puis se glisse derrière le volant. Je baisse la vitre et fais des signes d'adieu avec la main. Mon regard est brouillé par tant de gentillesse.

— Alors papa, on y va ?

— On y va fiston. Je peux te demander une faveur ?

— Bien sûr !

— Je souhaite dire bonjour à Eudoxie, cela fait trop longtemps que je ne suis pas allé au cimetière.

— Pas de problème.

Eudoxie.

Ambroise me laisse seul devant la tombe de ma femme. Elle est simple et sobre, une dalle en granit gravée et de l'herbe tondue autour. Je reste un long moment debout, appuyé sur ma canne, silencieux. Mes souvenirs remontent, mes yeux deviennent larmoyants. Je murmure :

— Je suis devenu te demander pardon Eudoxie. Je pense à toi tous les jours, tu me manques et je dois te manquer aussi. J'ai raté mon rendez-vous avec la mort, excuse-moi de ne pas être avec toi. Est-ce ma faute ? Qu'ai-je fait pour mériter cela ? Je n'en sais rien. Pendant des années, j'ai souhaité mourir pour te retrouver. J'étais prêt, j'ai même vu un curé pour ça, tu te rends compte ? Et puis rien. La mort m'a oublié, je me suis rétabli, je vais bien, très bien pour mon âge. J'ai même quitté la maison de retraite aujourd'hui, je vais vivre avec notre fils, tu sais qu'il est veuf lui aussi, tu ne dois pas t'amuser tous les jours là-haut avec Mimi. Méfie-toi, elle va vouloir refaire toute la décoration du paradis.

Je souris un peu et reprend :

— J'ai peur et je suis impatient. Peur de ne pas savoir mon avenir. Quel avenir peut avoir un vieillard de 110 ans impatient de redécouvrir sa jeunesse ? Tu diras au bon Dieu, s'il existe, de m'expliquer mon rôle sur cette terre. Que suis-je censé faire ? Pourquoi suis-je encore ici ? Je compte sur toi pour me soutenir mon Eudoxie adorée.

Je reste encore un long moment silencieux avant de retourner dans la voiture.

— Allez Ambroise, à la maison, il est temps.

Retour à l'Aventurine.

Combien d'années passées sans revenir chez moi ?
Même si ma santé s'améliorait, j'ai toujours refusé de
retourner dans ma maison. Peur d'y revenir. Peur de
quoi ? Du passé, des souvenirs à affronter, d'être déçu,
de ne pas retrouver ce qui a fait ma vie, mon bonheur, de
ne plus me sentir chez moi. Peur surtout de repartir à
l'Ehpad après une journée de bonheur, de tristesse, de
chagrin, et me retrouver dans ma chambre, seul, à res-
sasser mes souvenirs.

Alors, j'ai attendu longtemps, d'aller mieux, vraiment mieux. Il fallait que cela vienne d'Ambroise, qu'il
me le propose, et que j'accepte. Ce fut un long chemine-
ment. Deux vieillards dans une vieille maison, quelle
drôle d'idée.

Quand il m'a proposé de revenir habiter chez moi,
mon cœur a explosé de joie. Je crois avoir mis moins de
dix secondes pour accepter sa proposition. Je l'ai serré
fort dans mes bras, cela faisait si longtemps que je ne
l'avais pas fait, comme quoi, il n'est jamais trop tard
pour rattraper le temps perdu.

Nous arrivons devant la propriété, la grille s'ouvre
automatiquement avec un "bip", une nouveauté. Pitch
court autour de la voiture, impatient de découvrir son
deuxième maître. La maison n'a pas changé, les arbres
ont grandi, la cour est bien entretenue. Je remarque
quelques nouveautés bien visibles, une petite éolienne et
un parterre de panneaux solaires un peu plus loin.

Ambroise a fait installer une rampe pour accéder en haut du perron.

— Tu vois papa, si je deviens impotent, ou toi, il sera toujours possible de rentrer et sortir avec un fauteuil roulant. J'ai fait installer un monte-escalier pour se rendre au premier sans se fatiguer.

— Je vois que tu n'as pas envie de suivre mon chemin au "Dernier soupir".

— Je pense surtout qu'il faut rester chez soi le plus longtemps possible. J'ai anticipé ces installations pour mes très vieux jours.

— Tu as bien fait.

C'est incroyable ce que la mémoire peut garder dans son inconscient. A peine la porte d'entrée passée, je retrouve les odeurs, les impressions, la lumière. Ambroise a eu la gentillesse de garder mes vieux meubles, ou il les a remis en place pour mon retour. Le fauteuil d'Eudoxie est toujours près de la cheminée, elle avait toujours froid. Le mien est plus éloigné, un bon gros fauteuil Louis XVI. Combien de siestes ai-je fait dedans ? Quelques babioles nouvelles parmi les anciennes sur les étagères, quelques cadres nouveaux, je retrouve mon chez-moi presque intact. Je ne sais que dire à Ambroise. Un mot, un seul suffit :

— Merci.

Je fais le tour de la maison, je m'y sens bien. J'ai presque le vertige tellement c'est grand. Au premier, ma chambre est intacte, rien n'a changé.

— Je me suis permis de changer le sommier et le matelas quand même. Ils étaient comme toi, un peu vieux. Tu dormiras mieux, m'explique Ambroise.

J'ouvre la fenêtre, un petit signe de la main vers l'Ehpad de l'autre côté de l'Erdre, signe d'adieu, je suis là, vivant, heureux ! Je respire à pleins poumons l'air de ma campagne. Je regarde avec nostalgie le banc installé au bord de l'eau, combien d'heures ai-je passé avec Eudoxie à rêvasser en regardant la rivière. De doux moments, tellement lointains. Deux chevaux paissent dans la prairie. Encore quelques années avant de monter à cheval, quand je serai plus vieux. Pour le moment, je me sens encore trop fragile. Quand je serai plus vieux ? Je réfléchis à ce que je viens de me dire. Je me projette à faire des activités de jeune quand je serais plus vieux. Je ris doucement. Personne ne dit ça !

Ambroise nous a préparé un déjeuner dans la véranda. Il fait beau, une douce chaleur qui me réchauffe. Je n'ai pas vécu avec mon fils depuis son départ pour ses études secondaires. Il aime cuisiner, je pense que je vais bien m'entendre avec lui, enfin j'espère. Sinon, je partirai, j'ai quelques économies et toujours ma retraite. Je n'ai pas beaucoup dépensé ces dernières années.

Après le déjeuner, je m'assoie dans mon fauteuil. Mes bras retrouvent rapidement les positions habituelles, d'avant. Ambroise s'est installé dans le fauteuil d'Eudoxie. Cela me plait de le voir utilisé par mon fils. Café, pousse-café, un rhum vieux, comme dans le bon vieux temps pourrions-nous dire mais le temps actuel est encore bon.

Ambroise m'explique :

— Je t'ai acheté un téléphone portable. Tu en auras besoin tout le temps dans le monde actuel. Je me suis arrangé avec ton banquier. Il viendra te voir demain pour faire le point sur tes affaires.

— Qu'est-ce que tu veux que je fasse avec ce truc ?

— On fait tout avec. Sans lui, tu es tout nu.

— On peut se raser et s'habiller avec ?

— Non, ce n'est pas prévu pour.

— Donc on ne peut pas tout faire avec.

Ambroise rit.

— Je recommence. On peut faire beaucoup de choses avec.

— J'aime mieux. Que peut-on faire à part télépho-ner ?

— Je te montre. Tu n'as plus besoin de fermer les volets le soir, ils sont motorisés. Tu vas dans l'application domotique et tu appuies.

Joignant le geste à la parole, Ambroise appuie sur l'écran. Les volets de la pièce se ferment. Il appuie à nouveau et les volets s'ouvrent.

— Tu choisis la pièce que tu veux fermer ou toute la maison. Je te montrerai une autre façon de le faire ce soir. Pour rentrer dans la maison, plus besoin de clef. Tu mets ton doigt sur la zone de reconnaissance de l'empreinte digitale de la serrure et la porte s'ouvre.

— Donc si on me coupe le doigt, on peut rentrer chez moi.

— Cela remplace les clefs que l'on pouvait aussi te voler. Je peux rajouter le système de reconnaissance faciale si tu veux.

— N'allons pas trop vite.

— De ton lit, tu peux vérifier que la maison est bien fermée ainsi que la grille d'entrée. Tu gères aussi l'alarme. Si tu es absent, tu peux voir ce qui se passe dans et autour de la maison avec les caméras.

— Parfait.

— Tu peux payer tout avec ton téléphone, aussi bien le pain chez le boulanger que dans les grands magasins. Tu payes avec ton téléphone pour commander à distance ce dont tu as besoin. Tu payes aussi le médecin et les soins médicaux.

— C'est devenu inutile pour moi. Et encore ?

— Tu en as besoin pour te servir de la voiture. Tu l'insères dans le tableau de bord, il te permet de communiquer avec elle. Pas besoin de conduire, ton véhicule se débrouille tout seul.

— C'est assez génial. Pour un vieux comme moi, je vais pouvoir me déplacer partout sans te déranger.

— Dans les nouveautés sans téléphone, on n'a plus besoin de tondre la pelouse. La rotondeuse se débrouille toute seule. Elle va tous les trois jours vérifier la hauteur de l'herbe et selon la pousse, elle tond. Elle se recharge seule et a juste besoin d'un petit coup de nettoyage de temps en temps.

— Le rêve pour les flemmards.

— Pour la cour et les allées, le désherbeur passe tous les cinq jours. C'est un petit robot qui arrache les mauvaises herbes. Dès qu'une petite herbe pointe le bout de son nez, elle est arrachée. Le soleil fait le reste, plus besoin de produit chimique. J'adore cette machine.

— Moi aussi, je sens que je vais l'aimer. Que de progrès technologique en 20 ans, c'est incroyable.

— Et ce n'est pas fini ! On ne se chauffe plus au fuel.

— J'ai vu l'éolienne et les panneaux solaires. Comment ça fonctionne ?

— Eolienne, panneaux photovoltaïques, batteries et pompe à chaleur.

— Tout ça ?

— L'éolienne et les panneaux solaires alimentent les batteries pour fournir l'énergie à la pompe à chaleur qui chauffe l'eau des radiateurs et le ballon d'eau chaude. Tout est automatisé. Maintenant que les batteries sont devenues bon marché et écologiques, on ne se prive plus de les utiliser. Notre maison est entièrement autonome en énergie et peut même en produire pour les voisins. L'isolation a été optimisée.

— Ça me donne le tournis toute cette technologie, conclue Cléophas en terminant son rhum vieux. Je suis un peu fatigué, je monte faire ma sieste. On reparlera de tout cela plus tard.

Souvenirs.

Seul dans ma chambre, allongé sur mon lit, je regarde les murs, la tapisserie vieillotte avec des couleurs passées par le temps. Vingt ans sans revenir dans ma chambre. J'apprécie l'élégance de mon fils, oser m'accueillir dans ma maison, un vieux bonhomme comme moi. Peut-être qu'il n'aime pas la solitude. Même un vieux père peut être un compagnon agréable. Je n'ai plus rien à lui apprendre mais mon fils, ce vieux monsieur de 85 ans, a tout à m'apprendre. Je fais un saut brutal de 20 ans dans le progrès. Il faut m'y habituer, que j'apprenne, vite, très vite pour me remettre dans la course.

Me remettre dans la course ! Une expression toute faite, mais pour faire quoi ? Toujours cette interrogation qui me taraude, pourquoi ce sursis alors que la mort poursuit son œuvre sur les autres ? J'ai eu envie de mourir, j'ai envie de vivre, découvrir, redécouvrir, apprendre.

Il faut que je change la décoration, mettre une nouvelle tapisserie, repeindre le plafond, les rideaux sont ternes et usés. Je vais en discuter avec Ambroise et rajeunir cette chambre. Mimi sera contente de voir cela de là-haut, Eudoxie aussi.

Mes pensées partent dans tous les sens mais je finis quand même par m'assoupir profondément. Je n'ai plus l'habitude de boire du vieux rhum.

Soirée.

Nous nous sommes promenés dans la propriété après le passage des déménageurs. Mes maigres affaires de l'Ehpad ont repris leur place dans la maison. Le débarcadère est pourri, je propose de trouver un menuisier pour en reconstruire un neuf et acheter un bateau. Je fais connaissance avec les chevaux. Sébastien et Roselyne viennent régulièrement monter Pâquerette et Bouton d'or, une bonne occasion pour nous rendre visite avec Kévin. Ambroise fait intervenir régulièrement une entreprise de jardinerie pour les gros travaux. L'Aventurine vit et vivra après ma mort, j'en suis heureux. Des arbres grandissent, d'autres meurent, des nouveaux sont plantés, le cycle des végétaux est le même que celui des hommes, en moins rapide.

Après le dîner, Ambroise m'invite à boire une liqueur dans le salon. Deux rhums vieux dans la journée, c'est la fête. Avec son téléphone portable, il allume le feu dans la cheminée et m'explique :

— C'est un écran tridimensionnel qui donne vraiment l'impression d'avoir une flambée dans l'âtre. L'illusion est parfaite, une résistance électrique envoie de la chaleur. Tu la sentiras si tu t'approches.

— N'est-il pas plus simple de mettre des bûches ?

— La loi interdit l'utilisation de bois pour le feu. Ce n'est pas écologique. Toutes les cheminées ont été condamnées, sans exception.

— Drôle d'époque.

— Le Comité d'Ecologie Moderne, le CEM, traque le moindre élément qui pourrait aggraver le réchauffement climatique. Nous sommes en 2035. Si les scientifiques ne se sont pas trompés, la température devrait redescendre progressivement à partir de 2040. Tout le monde doit faire des efforts, toi et moi aussi.

— S'il le faut pour le bien commun, je pense que je pourrais m'y habituer. Il manque quand même l'odeur du feu.

— Il existe des odeurs artificielles pour les nostalgiques, mais je ne suis pas pour. Autre nouveauté pour toi, ce cube sur cette table.

Il montre à Cléophas un cube parfait de couleur noir d'encre, d'une dizaine de centimètres de côté, posé sur une petite table proche de la cheminée.

— Ce cube est une centrale informatique reliée par les ondes à toute la maison. C'est la quintessence de l'évolution technologique.

— Je suis admiratif, dit Cléophas avec une moue dubitative en haussant les épaules.

— Je te montre. Il est relié à plusieurs enceintes dans la pièce, le son est parfait. Imagine, ta vision est mauvaise et tu ne peux plus lire.

— Exemple concret pour moi, j'apprécie.

— Je dis : « Cube, ouvre-toi ».

Le cube s'éclaire légèrement, montrant ainsi qu'il est actif, trois notes de musique se font entendre.

— Il est activé, explique Ambroise. Pour lui demander quelque chose, il faut toujours commencer la phrase par Cube, sinon il ne réagit pas. Je prends un exemple : « Cube, je veux écouter en livre audio "Les misérables" de Victor Hugo.

Une voix dans la pièce se fait entendre, le Cube répond : « J'ai dix versions parlées de ce livre, je vous donne les noms et vous choisissez ensuite, ou vous pouvez garder ma voix ».

Le Cube égrène les dix noms. Cléophas propose :

— Cube, je souhaite l'écouter avec ta voix.

— Masculine ou féminine ? demande le Cube.

— Cube, masculine.

Aussitôt, une voix masculine débute la lecture des Misérables dans le salon. Cléophas ferme les yeux, écoute et apprécie.

— « Cube, pause », demande Ambroise.

La voix s'arrête.

— Extraordinaire, dit Cléophas. Et pour la musique, c'est pareil ?

— Essaye.

— Cube, je souhaite écouter "The Dark Side of the Moon" des Pink Floyd.

Pratiquement instantanément, le premier morceau du disque jaillit des enceintes.

— C'était un de mes disques préférés. J'essaye autre chose, un autre très vieux truc, « Cube, fais-mois écouter "la vie en rose" d'Edith Piaf ».

Changement de style de musique, la voix d'Edith Piaf remplace Pink Floyd. Après la fin de la chanson, Ambroise reprend :

— Cela peut remplacer ton portable dans la maison pour appeler tes correspondants. Tu peux avoir un mini-Cube avec des haut-parleurs dans ta chambre relié à ce Cube si tu le souhaites. Il y a beaucoup d'autres possibilités.

— Je vais d'abord m'habituer à ce Cube tant que je n'ai pas recouvré une vue suffisante pour lire. Je peux écouter autre chose ?

— Tout ce que tu veux.

— Pour moi, la quintessence de la musique, c'est le deuxième mouvement de la septième symphonie de Beethoven. Toute la délicatesse de ce génie se retrouve dans ce morceau. Tu connais ?

— Je connais oui, une merveille.

— Cube, fais-moi écouter le deuxième mouvement de la 7ème symphonie de Beethoven dirigée par Herber Von Karajan.

Les deux hommes plongent dans leurs pensées pendant cette pause musicale. A la fin du morceau, Ambroise demande :

— Papa, je peux te poser une question ?

— En espérant que j'ai la réponse.

— Peux-tu m'expliquer ce qu'il t'arrive ? Tu étais presque mort et te voilà en pleine forme de retour chez toi. Tu ne prends plus aucun médicament, tu ne fais plus aucun examen de santé, tu es un mystère pour tout le monde. Qu'est-ce qui se passe ?

Cléophas penche la tête, prend son temps pour répondre, sourit puis explique :

— Ce que tu vas entendre est très difficile à comprendre. Il est préférable de le garder pour toi.

— Promis.

— La nuit qui a suivi mon anniversaire pour mes 100 ans, j'étais allongé dans mon lit, pas bien du tout, presque mourant. Une énorme chauve-souris est entrée par la fenêtre ouverte et s'est transformée en être humain. En fait, c'était un vampire. Il s'est ouvert les veines et m'a fait boire de son sang.

Ambroise le regarde avec des yeux ronds, la bouche grande ouverte, interloqué par les dires de son père qui poursuit :

— Dès le lendemain matin, je ne suis senti mieux. Le sang du vampire m'a fait revenir à la vie. Je me suis rétabli rapidement. J'ai bu régulièrement le sang des pensionnaires de l'Ehpad, la nuit, surtout ceux qui étaient en toute fin de vie pour que personne ne s'en aperçoive. Cela dure depuis des années. Maintenant que j'ai assez de force, je peux quitter l'Ehpad pour me nourrir avec la population des alentours.

Ambroise est plié en deux à force de rire.

— Tu racontes vraiment n'importe quoi, tu as trop lu Anne Rice !

— Effectivement, j'aime bien cette autrice et je raconte vraiment n'importe quoi. Je cherche une version crédible à ma bonne santé mais je ne pense pas narrer cette version à n'importe-qui. Tout le monde n'a pas ton humour.

— Donc, l'explication de ta bonne santé c'est ?

— Je ne sais pas, vraiment pas. J'apprécie cette période qui m'est offerte, une parenthèse de vie, un bonus, je ne sais pas comment l'appeler. Jamais je n'ai entendu parler d'un phénomène pareil. Mes yeux ne me permettent pas encore de faire des recherches sur internet mais je le pourrai bientôt si ma vision continue de s'améliorer.

— Nous devons profiter de ces bons moments, tu rajeunis, je vieillis, la marge est étroite. Demain, après la visite de ton banquier, nous irons dans un bon restaurant à Nantes sur l'Ile de Versailles, puis repos l'après-midi.

— Bon programme Ambroise. Je vais dormir, la journée a été forte en émotions. Bonsoir mon fils et merci pour ton accueil.

— Bonsoir papa, je suis heureux que tu sois là.

— Moi aussi, très heureux.

Le restaurant.

Le serveur les accueille dans le "Nautilus", le restaurant à la mode au bord de l'Erdre sur l'Ile de Versailles. Il les regarde bizarrement :

— Bonjour messieurs, vous avez réservé ?

— Pour Monsieur Gentil. Deux personnes.

— Enchanté de vous accueillir, venez par ici vous installer, vous avez la vue sur l'eau. Nous allons vous servir tout de suite.

Il les conduit à une table ensoleillée avec une vue imprenable sur la rivière.

— Quelle prévenance, dit Cléophas.

— J'ai demandé cette table bien placée. Cela fait bien longtemps que tu n'as pas été au restaurant.

— En fait, si, tous les jours depuis des années, mais pas dans les mêmes conditions. Au moins, il n'y a pas de vieux à trainer dans tous les sens, explique-t-il en riant.

Ils apprécient le paysage et le calme du lieu.

— Tu veux un peu de musique ? Demande Ambroise.

— On peut mettre de la musique ? Que vont penser les autres personnes ?

— Rien du tout. La technologie permet de choisir son ambiance sans gêner les autres. Tu ne connais pas ça manifestement. Imagine une bulle, nous sommes dedans, le son diffuse dans la bulle mais n'en sort pas, aucune gêne pour les voisins. Dans les restaurants très huppés, tu peux choisir entre une trentaine de styles musicaux, musique classique, contemporaine, reggae, rock classique ou contemporain, rap, métal, disco, chansons nostalgiques et plein d'autres.

— Rock classique ? Qu'est-ce que c'est ?

— Rock du vingtième siècle, les très vieux, Presley, Beatles et tous les autres, des antiquités.

— Je comprends. Essayons le rock des vieux, plus je vieillis et plus je les aime.

Le serveur apporte les apéritifs.

— Où est la carte pour commander ? Demande Cléophas.

— On ne commande plus au restaurant, explique Ambroise. Le gaspillage de la nourriture a fait l'objet d'une réflexion importante du Comité d'Ecologie Moderne aboutissant à une nouvelle formule. On choisit ce que l'on va manger avant d'aller au restaurant ce qui permet d'optimiser la nourriture et d'éviter d'en jeter. Si on ne mange pas tout, on repart avec nos restes. Si on vient sans réserver, le menu est imposé.

— Donc on ne peut pas changer d'avis ?

— On ne peut pas, mais cela permet au restaurateur de diminuer le coût du repas. Tout le monde s'y retrouve et nous gaspillons moins.

— C'est bien dans la ligne actuelle des écologistes. Drôle d'époque.

Le serveur s'approche de Cléophas :

— Monsieur Gentil, excusez-moi de vous déranger, mais le patron souhaiterait vous prendre en photo. Vous comprenez, un homme de 110 ans qui vient déjeuner dans son restaurant, c'est exceptionnel et cela nous ferait très plaisir.

Cléophas Gentil ouvre de grands yeux étonnés :

— Je n'ai rien d'exceptionnel, j'ai seulement la chance d'être un vieux en bonne santé, c'est tout.

— Vous voulez bien ? S'il vous plaît !

— A la fin du repas dans ce cas.

— Merci Monsieur. Vous êtes aussi bien que votre photo dans le journal. Quand même, quitter son Ehpad à 110 ans, ce n'est pas rien. Je vous apporte la suite.

Le serveur repart dans la salle.

— Tu es célèbre papa, dit Ambroise.

— Je n'ai rien fait pour.

— Mais tu n'as pas le choix.

— Qu'est-ce que cela va m'apporter ? Des ennuis, rien que des ennuis. Je n'ai jamais voulu cela, on me l'impose. Le problème c'est le "on". Pourquoi ? Et pour combien de temps ? Pas de réponse. Rassure-toi, je ne vais pas devenir acariâtre, je vais assumer avec bonne humeur, mais cela ne m'empêche pas de me poser ces questions.

— Et ton banquier ce matin ?

— Très sympathique. J'ai toujours trouvé les banquiers sympathiques, jusqu'à l'obséquiosité quand on a de l'argent, surtout quand on en a beaucoup. Il m'a fait rire, il veut que je fasse des placements à long terme. A mon âge. J'ai dit oui, à condition de pouvoir le récupérer si besoin. Si je meurs, tu hérites de tout bien sûr. Nous communiquerons par internet dorénavant, il me dit que c'est plus simple et meilleur pour la planète. C'est drôle cette société où les gens se rencontrent à distance. En médecine aussi on fait des téléconsultations, quelle ineptie. Le contact, la poignée de main, tout cela mettait les gens en confiance. Comment veux-tu te fier à un médecin coincé derrière son ordinateur ?

— A propos de contact, une journaliste a insisté pour te rencontrer demain. J'ai proposé qu'elle vienne chez nous vers dix heures, si tu es d'accord.

— C'est évitable ?

— Oui.

— Alors tu la renvoies dans ses pénates.

— Ainsi-soit-il.

Le repas est savouré au calme jusqu'au café agrémenté des nocturnes de Chopin. Ils ne coupent pas aux photographies avec le patron et les membres du personnel. Un digestif est offert gracieusement pour les remercier.

— Au moins, après un bon repas comme celui-ci, explique Ambroise, j'apprécie le retour avec ma voiture électrique autonome.

Josette.

La vie est bien calme à l'Aventurine. Pas la moindre péripétie. Joséphine, ma bonne fée spécialiste du gâteau à la noix de coco, me rend visite régulièrement avec des gâteaux et autres gâteries. Elle m'apporte à chaque fois de la bouillie de gâteau, en souvenir de mes 100 ans, rien que pour moi. Je préfère mâcher plutôt que suçoter sa mixture mais je la mange de bonne grâce pour lui faire plaisir. Quelle gentillesse, je l'adore. Si je n'étais aussi vieux, je l'aurais épousée. Je n'ose pas le lui dire, ayant trop de respect pour sa personne. Elle est gaie, gentille, avenante, lente, bref, toutes les qualités pour un vieux bonhomme comme moi. Elle a émis l'idée que, « dans une grande maison comme ça, sans femme, hi hi hi, tout va aller de travers. Si vous voulez mon avis, il vous faut une présence féminine pour organiser la vie dans la maison. Ma fille Josette serait parfaite, c'est moi qui l'ai éduquée. Elle a toutes mes qualités, ce n'est pas peu dire, hi hi hi. »

Ainsi dit, ainsi fait. Josette est venue travailler chez nous. Joséphine n'avait pas tort, elle est extraordinaire, exactement le même modèle que sa mère, la même façon de parler, la même tête, juste plus jeune avec les kilos en moins. Je ne les ai jamais vues ensemble, mais ce sont des sosies parfaits. Joséphine m'a annoncé prendre sa retraite pour retourner dans sa Guadeloupe natale. Adieu Joséphine, je vais vous regretter. Au moins, je ne vous verrai pas vieillir ni mourir.

Josette fait nos courses, notre ménage, s'occupe de notre linge, de la cuisine, un peu de jardinage et surtout du bavardage. Une présence féminine lumineuse dans notre demeure. Elle est jeune, 25 ans, j'espère qu'elle ne va pas partir avec un jeune homme loin d'ici… De temps en temps, lorsque je l'écoute parler en fermant les yeux, je jurerais qu'il s'agit de Joséphine :

— Vous avez un énorme trou dans votre chemise Monsieur Gentil, hi hi hi, qu'avez-vous fait avec ?

— Je ne sais pas, elle est toute neuve, à peine dix ans.

— Il va falloir encore que je vous emmène faire les magasins, déjà un pantalon la semaine dernière, vous allez me tuer à la tâche.

— Que voulez-vous, c'est un tel plaisir de faire les courses avec vous.

— D'accord, mais ne faites pas exprès d'abimer vos vêtements pour faire les courses, je m'en rendrais compte.

— Bien sûr Josette. Ce seront peut-être des chaussettes ou un pull la semaine prochaine, je vais réfléchir.

— Vous êtes taquin Monsieur Gentil, gentil, mais taquin. Si vous continuez, hi hi hi, je n'aurai plus le temps de cuisiner. Tant pis pour le colombo d'agneau.

— Ah non, je tiens absolument au colombo d'agneau ! Promis Josette, je ferai attention, mais surtout, faites un colombo d'agneau, j'adore cela.

— Je vais voir, je vais réfléchir, peut-être que je ferai du bœuf bouilli à la menthe, cela me donnera moins de peine…

Et la discussion continue, sans fin, petites chamailleries et grands plaisirs dans ces propos futiles. C'est le sel de la vie, parler de tout et de rien, des petites choses de tous les jours.

Ambroise vieillit.

Déjà cinq ans depuis mon retour à l'Aventurine. Ambroise m'inquiète. Il tombe régulièrement et oublie beaucoup de choses. Un début d'Alzheimer d'après mon expérience. Pourquoi lui et pas moi ? Encore une question sans réponse. J'ai 115 ans, il en a 90 et je dois m'occuper de lui. Il se promène la nuit dans la maison, pose cinquante fois la même question, urine un peu n'importe où quand il ne retrouve plus les toilettes. Il a maigri, n'a plus faim, oublie de manger. Les repas durent longtemps. Triste vieillesse. Tant que j'ai la force de m'occuper de lui, je le garde à la maison. J'ai fini par trouver une aide pour la nuit, je dois penser à moi et dormir, à mon âge. Je n'ai pas envie qu'il se casse. Après-tout, peut-être que c'est mon rôle ? Si je suis en bonne santé, ce doit être pour une raison bien précise mais je cherche toujours. M'occuper de mon fils en est une très bonne pour le moment.

Ces dernières années avec Ambroise furent agréables. Sébastien, Roselyne et Kévin sont venus régulièrement nous voir. Le plaisir de la visite, les chevaux en plus, un luxe à notre époque. Nous avons navigué régulièrement sur l'Erdre à bord du bateau électrique. Une fois par mois, nous nous offrions un restaurant haut de gamme. Parfois reconnus, parfois pas. Nous étions régulièrement pris pour des jumeaux et nous n'avons rien fait pour l'infirmer. J'étais fier de mon fils, je ne sais pas s'il était fier de moi. Plus il vieillissait, plus je rajeunissais.

L'enterrement.

L'orgue joue les dernières mesures. Les personnes présentes à l'enterrement font la queue au fond de l'église pour serrer les mains de la famille :

— Mes condoléances Monsieur Gentil, toutes mes condoléances.

— Gardez-en un peu pour les autres, merci beaucoup.

— Mes condoléances Monsieur Gentil.

— Ravi de faire votre connaissance.

— Mes condoléances Monsieur Gentil.

— Merci beaucoup de votre présence, cela m'est d'un grand réconfort.

— Mes condoléances Monsieur Gentil.

— Merci.

Cléophas, Ambroise, Sébastien et Kévin se tiennent côte à côte, se soutenant les uns les autres, soudés par le décès de Roselyne. Un accident de ski, elle s'est trompée de piste et a fait le grand saut final, fatal, fractures multiples et traumatisme crânien. Elle n'a pas souffert, une belle mort pourrait-on dire. L'atavisme familial a suggéré Cléophas, le mari survit toujours à sa femme chez les Gentil.

Mes occupations.

Malgré de multiples demandes, je n'ai jamais voulu parler à un journaliste. Je voulais préserver ma vieillesse et mon intimité, pas que l'on me montre du doigt. Je vais avoir 120 ans et, à cet âge, il est difficile de passer inaperçu, étant autonome et en pleine forme à mon domicile. J'ai l'impression d'avoir 80 ans, 40 ans en arrière, toujours avec mon arthrose, mais je vois bien, j'entends bien et mes facultés intellectuelles sont intactes.

Parlons-en de mes facultés. Je me suis dit, dans un premier temps, profitons de ces quelques années de plus pour me faire plaisir et redécouvrir les auteurs classiques. J'ai dévoré des livres, plein de livres, j'ai adoré. Tout est accessible avec la technologie actuelle ! Les hommes sont extraordinaires d'inventivité pour préserver et propager la culture. Puis les années sont passées et je me suis interrogé sans cesse sur ma survie. Pourquoi suis-je toujours présent ? J'ai consulté les philosophes et lu beaucoup d'écrits sur ce qui a trait à la mort, de Platon à Sénèque, de Descartes à Heidegger. Ils pensent tout savoir mais en fait ne savent rien, blablatant à l'infini leur pensées fumeuses, chacun essayant de se démarquer des autres par une nouvelle théorie en termes encore plus abscons que leurs prédécesseurs. Ils parlent de la religion, de l'athéisme, de la vie après la mort mais au bout du compte, aucun philosophe n'en sait rien. Ils essayent de trouver des mots afin d'accepter ce passage inéluctable, reflétant ainsi leur propre angoisse de l'inconnu.

Mais l'inconnu est dans la vie, dans chaque journée, jusqu'à sa fin, inévitable, parfois lente à arriver, parfois trop brutale. Après… Chacun a son interprétation, son avis.

L'étude des religions ne m'a pas aidé non plus. J'ai l'impression que le but de chacune est d'avoir le plus d'adeptes possibles. Venez chez moi, ma religion est meilleure que l'autre ! Nous sommes tous frères, le meilleur est à venir, surtout après la mort ! Souffrez dans votre vie actuelle, la rédemption sera pour vous ! Je crois surtout au hasard. Né en France, plus de chance d'être chrétien, né en Algérie, plus de chance d'être musulman, né au Tibet, plus de chance d'être bouddhiste, né en Inde, plus de chance d'être hindouiste, né en Israël.… Comment voulez-vous que les religieux s'entendent si chacun pense être le meilleur et veut que tous les autres le rejoignent ? Est-ce qu'une religion peut faire l'unanimité dans le monde ? Pas encore malheureusement, pas encore ! Faut-il croire au paradis, à la réincarnation, au néant ? Faut-il être enterré, incinéré, brûlé sur un bucher, donné aux vautours, momifié, immergé dans la mer ou envoyé dans l'espace ? Y-a-il une vie après la mort et la façon de s'occuper du défunt aura-t-elle une influence sur sa vie après sa mort ? Je n'y crois pas trop. Chacun ses croyances dans l'après. Est-on obligé d'embrasser une religion ? Je finis par penser que la religion a été créée uniquement pour soutenir l'angoisse des hommes face à la mort, à l'inconnu, au chagrin de la perte d'un être cher. Penser que l'être aimé part pour un monde meilleur et non pour le néant rend la peine de la séparation moins insoutenable.

Pause sur les religions, les philosophes, les penseurs, place à la distraction. J'ai transformé une pièce de la maison en cinéma, écran géant dernier cri, possibilité de 3D avec un son multifocal, quelques fauteuils rembourrés et un accès rapide à internet.

J'ai revu avec émotion les films de ma jeunesse, les premiers Walt Disney. Laurel et Hardy, Charlot et Buster Keaton me font toujours hurler de rire. J'ai l'impression que personne ne s'en souvient hormis quelques érudits pompeux spécialistes du cinéma antique. J'ai revu des classiques, des oubliés, des indéboulonnables. Stars Wars, début en 1977, les studios américains fabriquent encore une suite, la quinzième. Comme les James Bond, trente films, une indigestion sur la fin mais cela m'a bien changé les idées. Ambroise est content de regarder ces films avec moi, mais il ne comprend malheureusement plus rien et passe une large partie de la séance à dormir. J'ai la possibilité de regarder des pièces de théâtre, des opéras, des concerts, la culture du monde entier chez soi, à se demander pourquoi sortir de la maison ! Je découvre le cinéma en trois dimensions, l'immersion dans le film mais j'ai des difficultés à apprécier ce concept, à croire que je suis un peu rétro.

La journaliste.

Pour mes 120 ans, je souhaiterais un gros, un très gros cadeau. Pour cela, il me faut parler au monde entier. Rien de mieux qu'un journaliste pour faire le buzz.

Ambroise et moi écoutons dans le salon les impromptus de Schubert, toujours resplendissants de grâce, de vivacité et d'élégance. Mon fils ronfle légèrement, endormi dans son fauteuil. Sonnerie à la porte d'entrée, Josette va ouvrir et introduit une jeune journaliste dans le salon. Voyant Ambroise endormi, elle me tend la main en parlant doucement :

— Clémentine Chanterelle, journaliste à Ouest-France, je suis venue interviewer Monsieur Cléophas Gentil.

— Bienvenue à l'Aventurine.

— Il est endormi dans son fauteuil à ce que je vois, dit-elle en désignant Ambroise. On peut le réveiller ?

— Je crains que non.

— Il faut attendre son réveil pour l'interviewer ?

— Pourquoi voulez-vous l'interroger ?

— Pour ses 120 ans !

— Il n'en a que 95, vous devrez attendre 25 ans.

— Mais alors, je fais quoi ici ?

— Vous venez pour m'interviewer moi et non pas mon fils.

— C'est vous le vieux ? enfin, le plus vieux ?

— Exactement.

— Mais vous faites très jeune !

— Merci du compliment. Asseyons-nous et commençons. Vous pouvez parler normalement, Ambroise est pratiquement sourd et il n'a pas mis ses appareils auditifs.

Clémentine Chanterelle est désarçonnée, elle a des difficultés à intégrer qu'Ambroise est plus jeune que Cléophas.

— Donc, vous êtes né en 1925.

— C'est écrit sur mon certificat de naissance.

— Et vous avez 120 ans.

— Demain, je les aurai demain.

— Comment allez-vous ?

— Comme un jeune homme de 120 ans.

— C'est-à-dire ?

— Aucun problème de santé, tout va bien, si ce n'est de l'arthrose lié à mon grand âge. Je marche normalement, je vois, j'entends, je suis autonome, je fais les courses avec Josette, ma gouvernante, bref, comme un jeune homme.

— Vous n'avez aucune autre maladie ?

— J'ai eu deux cancers, une leucémie et un cancer de la prostate. J'ai failli mourir le jour de mes 100 ans. J'étais arrivé au bout de ma vie, j'ai tutoyé la mort mais je vis encore. La guérison de mes cancers est inexplicable.

— C'est incroyable !

— J'ai tout doucement repris goût à la vie. J'ai récupéré des muscles et mon autonomie. Des nouvelles dents me sont poussées, regardez-les.

Il lui fait un grand sourire. Clémentine Chanterelle est charmée.

— Bref, je rajeunis.

— Donc si je résume, vous guérissez seul, spontanément et plus vous vieillissez, pour vous rajeunissez.

— Exactement, vous avez tout compris.

— Vous êtes médecin si mes renseignements sont exacts.

— En effet.

— Et vous n'avez aucune explication ?

— Aucune.

— Vous croyez en Dieu ?

— En quel Dieu ?

— Je ne sais pas, vous faites partie d'une religion ?

— Je suis né dans une famille chrétienne et éduqué selon cette tradition. Je ne pratique plus depuis longtemps. Mon dernier contact proche avec un prêtre, pour l'extrême onction, a eu lieu pour mes 100 ans. Depuis, j'ai largement eu le temps d'étudier les grandes religions du monde. Aucune ne me séduit plus qu'une autre. Je crois en Dieu, en un Dieu comme une instance supérieure, mais pas dans les religions.

— Racontez-moi votre jeunesse, votre époque, sans télévision, sans internet, sans ordinateur, sans portable, ça me parait fou maintenant.

Clémentine Chanterelle continue la conversation sur le siècle passé, sa vie antérieure, la seconde guerre mondiale, ses études, son travail, sa retraite, son passage à l'Ehpad, sa renaissance, agrémenté par les ronflements d'Ambroise. Elle demande :

— Avez-vous un souhait pour vos 120 ans ?

— Oui, j'ai un souhait. Je voudrais une certaine aisance financière pour pouvoir continuer à m'occuper de ma famille.

— De quelle façon ?

— Je souhaite vendre mon sang au plus offrant. Des grands laboratoires de recherche vont vouloir connaître le secret de ma longévité. Je n'ai aucune réponse à leur donner car je ne sais pas pourquoi je suis encore vivant, mais le secret est peut-être dans mon sang, dans l'ADN de mes cellules. Il faut le décortiquer, l'analyser, l'interpréter et peut-être que d'autres personnes pourront profiter de ces recherches. Vous allez écrire dans votre journal, si vous le voulez bien, l'adresse de mon huissier, Maître Malembouché. Il recevra toutes les propositions. La mise à prix pour 120 ml de mon sang sera de douze millions d'euros. Je donne un mois pour les enchères à partir de demain. Le prélèvement sanguin se fera sous contrôle d'huissier après l'approvisionnement de mon compte bancaire.

La journaliste est bouche-bée, elle pensait faire un petit article tranquille sur un vieillard rabougri et se retrouve en face d'une nouvelle incroyable.

— Vous avez tout organisé à ce que je vois.

— Tout. À mon âge, on a le temps de penser.

— Vous m'autorisez à prendre quelques photos pour le journal ?

— Bien sûr.

Cléophas, très content de l'effet produit sur la jeune journaliste, se prête volontiers à l'objectif. Il sait qu'il fera la Une demain.

Le journal.

Le journal est posé sur la table de la salle à manger à côté du petit-déjeuner, croissant au beurre et café, Josette est toujours parfaite. Mon portrait fait la première page avec un titre choc : "Le prix du sang !". Je ne suis pas mécontent de ce titre. Il est simple, accrocheur et va faire son effet. Il ne me reste plus qu'à patienter un mois.

L'article de Clémentine Chanterelle est plutôt flatteur. L'information va courir sur internet dans le monde entier. Maître Malembouché m'a suggéré de prendre des gros bras pour me protéger. Il voit le mal partout et m'a expliqué que des malfrats pourraient m'enlever pour prélever mon sang afin de le vendre au plus offrant. Je n'y crois pas trop mais je joue la prudence et accède à sa proposition. Je ne veux pas prendre de risque. Des gardes du corps, à mon âge, c'est incroyable ! Ils ont installé tout un dispositif de surveillance autour de la maison et une pièce est transformée en bureau de contrôle, une chance que la maison soit grande. L'Aventurine devient un coffre-fort, je suis son trésor. Un trésor prenant toute sa valeur en vieillissant comme du bon vin.

— Bon anniversaire Monsieur Gentil. Monsieur Gentil est célèbre maintenant, hi hi hi.

Josette me remplit la tasse de café.

— Merci Josette. Certes, je vais être connu mais le prix de la célébrité sera la perte de ma tranquillité.

— Monsieur a des gardes du corps très sympathiques, ils aiment beaucoup mon gâteau à la noix de coco. Je vais faire en sorte de bien nous entendre.

— Vraiment ? Méfiez-vous, les gros muscles ne font pas tout dans la vie.

— Mais vous avez vu comme ils sont trop beaux ? Rien qu'à les voir… Oh là là…

Elle se met à tourner sur elle-même, riant en faisant quelques petits pas de danse.

— Arrêtez Josette, vous me faites marcher.

— Courir Monsieur Gentil, courir. Ils ont un gros problème, ils sont blancs ! Je préfère la couleur au blanc vous savez bien. La crème brûlée est beaucoup plus savoureuse qu'un laitage banal, hi hi hi !

— Si vous le dites.

Le café est délicieux. Je prends le temps de lire le journal. Je vérifie l'exactitude du numéro de téléphone de Maître Malenbouché. L'article est bien fait, clair, précis, cette jeune journaliste est talentueuse. Je prends le temps de savourer un croissant avant d'appeler mon huissier. Sa secrétaire me le passe :

— Monsieur Gentil, quel plaisir de vous entendre.

— Bien le bonjour, Maître Malembouché, avez-vous déjà eu des appels pour l'affaire me concernant ?

— Plusieurs pour connaître les modalités de votre offre. Comme convenu, je les ai envoyés sur mon site internet. Beaucoup de curieux se sont connectés, pour voir, et il y a déjà trois offres.

— Avec vos honoraires correspondant à 0,5% de la vente, vous allez être riche Maître.

— Moins que vous, mais un peu plus qu'avant quand même.

— Vous m'enverrez un compte-rendu journalier s'il vous plaît. Je vais rester enfermé pendant un mois dans ma maison, cela me fera une petite distraction.

— Bien sûr, avec plaisir. Je vous tiens au courant. Mes respects Monsieur Gentil.

— A la bonne heure, je vous salue Maître. A très bientôt.

Je vais voir Josette dans la cuisine :

— Si tout se passe bien, dans un mois, vous aurez une grosse augmentation.

— Il était temps, j'étais prête à donner ma démission tellement je suis mal payée. En fait non, vous êtes tellement gentil Monsieur Gentil, c'est un plaisir de travailler pour vous. Je pourrais presque le faire gratuitement tellement j'aime venir ici, mais j'accepte avec plaisir une grosse augmentation, à condition qu'elle soit vraiment très grosse, hi hi hi.

Ils rient tous les deux. Les moments gais sont moins nombreux depuis l'aggravation de la santé d'Ambroise. Le docteur Leblanc vient régulièrement le soigner. Bientôt à la retraite, il regarde toujours Cléophas d'un drôle d'air et secoue sa tête en murmurant « mon patient mystère ».

Le prix du sang.

Le mois suivant fut surréaliste, pourrait-on dire. Chaque jour, je me connectais sur l'adresse internet fournie par mon huissier afin de voir l'évolution du prix de mon sang. De 12 millions d'euro, je suis passé à 20, 50, puis 100 millions d'euros. J'ai cru à une blague mais le sérieux de Maître Malembouché m'a confirmé la réalité des faits. Le prix final de 155 millions d'euro m'a donné le vertige. Mon huissier se frotte les mains, il aura une belle grosse part, une bonne, très bonne affaire pour lui.

J'ai pourtant la tête ailleurs, Ambroise me donne des soucis. Il ne mange presque plus et reste toute la journée au lit. Je crois me revoir quelques années en arrière. Il va mourir, je le sens bien. Ma future fortune n'y pourra rien changer. La sénescence, quelle tristesse ! Comme le disaient si bien mes anciens patients, « faudrait pas vieillir ». Je crois avoir entendu cette phrase tous les jours de ma vie professionnelle.

Le grand jour est arrivé. Maître Malembouché est présent avec plusieurs représentants du laboratoire pharmaceutique Suisse Pionmor. Je suis prêt à vendre mon sang au prix faramineux de 155 millions d'euros. Je n'aurais jamais imaginé que ces quelques centilitres pouvaient avoir une telle valeur. Ai-je vraiment le droit de me vendre comme cela ? Et si les recherchent aboutissent, la vieillesse pourrait-elle être vaincue ? Vu ce que j'ai vécu, je le souhaite de tout mon cœur, mais est-il vraiment raisonnable que les humains vivent encore plus vieux, augmentant de fait la population mondiale sur une terre déjà surpeuplée ? J'ai tourné cette question dans tous les sens. N'ayant pas la maitrise sur ma longévité, ni d'explication sur "pourquoi moi et pas un autre", je n'ai pas de réponse. Que ferait le monde d'une longévité exceptionnelle ? Est-ce que l'acheteur de mon sang voudra faire profiter de ses recherches quelques personnes haut-placées prêtes à mettre le prix ou voudra-t-il en faire profiter l'humanité entière ? Connaissant l'égoïsme humain, je penche pour la première hypothèse.

Lecture de l'acte de vente puis signatures sur les tablettes tactiles. Une clause stipulant que je n'aurai pas le droit de vendre à nouveau mon sang avant dix ans me fait tiquer. Après négociations, je ramène ce délai à 5 ans. Il faudra que je puisse subvenir à mes besoins plus tard.

Contrôle de mon état général par le médecin de l'entreprise, empreintes digitales, vérifier que je suis bien moi, virement de l'argent sur mon compte, prélèvement de mon sang dans une poche transportée immédiatement vers un camion blindé, virement des émoluments de Maître Malembouché. En une heure, tout est fait, je suis riche et célèbre dans le monde entier. Josette a tout surveillé sur le pas de la porte et applaudit à la fin de la transaction.

— Monsieur Gentil, dit-elle une fois le calme revenu, nous pouvons parler de ma grosse augmentation maintenant ?

— Bien sûr Josette. A combien estimeriez-vous vos gages si vous étiez à ma place ?

— Je propose de les multiplier par 5, hi hi hi.

— Vous n'êtes pas un peu gourmande ?

— Je dois me marier bientôt et comme j'aurai plein d'enfants, il me faudra construire une grande maison.

— Vous êtes une négociatrice hors pair, Josette. Si je vous propose d'augmenter vos gages par 5 et si je vous offre une grande maison dans le secteur, vous accepteriez de continuer à travailler pour moi ?

— Vous ne savez pas négocier Monsieur Gentil, vous avez oublié la voiture de fonction qui va avec la maison, hi hi hi.

— Et pourquoi pas un travail pour votre fiancé ? Il est paysagiste me semble-il ?

— Je lui proposerai, mais il lui faudra aussi le même salaire que moi.

— Vous allez me ruiner. Je vais en parler à mon comptable et régler tout cela rapidement.

Mon banquier m'a téléphoné, affolé. C'est quoi tout cet argent sur mon compte bancaire ? Qu'est-ce qu'il faut en faire ? Il faut le faire fructifier, le faire travailler… C'est drôle comme l'argent excite les banquiers. Je le laisse parler, nous règlerons ces détails plus tard, je pense surtout à Ambroise, déconnecté des réalités, dans son monde, se fichant royalement de la fortune de son père.

Sébastien raconte.

Mon père est décédé. Il avait beaucoup diminué, devenu l'ombre de lui-même ne reconnaissant plus personne. Son départ après celui de Roselyne m'a fait sombrer dans un océan de marasme d'où je ne pensais pas pouvoir s'extirper.

Mon grand-père est venu me sortir de la boue nauséabonde du spleen. Il est venu chez moi, régulièrement, avec ses discours de vieux, sa bienveillance, sa tristesse aussi. J'ai vieilli moi aussi, retraité aisé mais sans avenir. J'adorais ma femme, nous vivions en symbiose. Quel bête accident de ski, mais un accident peut-il être intelligent ?

Kévin fait des études de médecine. Il a raison, soigner les gens est un beau métier. Son arrière-grand-père peut être fier de lui.

J'ai trouvé dans le bureau de ma femme, au fond d'un tiroir, un dossier avec le nom de mon grand-père, Cléophas Gentil. J'ignorais qu'elle avait eu des contacts avec lui. Des prises de sang, uniquement des prises de sang, parfaites en tous points. Les résultats d'un jeune homme, pas l'ombre d'une maladie, extraordinaire à son âge. Il m'a proposé de venir habiter à l'Aventurine, la maison est grande, il ne voudrait pas rester seul.

Drôle d'idée, je ne l'avais pas envisagé mais pourquoi pas !

130 ans.

Dans le monde entier, je suis connu et reconnu, comme une vedette. Ma secrétaire personnelle, Pimprenelle Phylisis, est débordée de demandes pour que j'intervienne dans des débats télévisés, des congrès ou tout simplement partager un repas avec des chefs d'états, des ministres ou des célébrités. Pimprenelle se charge de toutes les démarches administratives et de mon courrier.

Il ne m'est pas possible de répondre positivement à toutes les sollicitations. J'aime ma vie calme, mais j'aime aussi un brin de fantaisie. Est-ce que le fait d'être l'homme le plus vieux du monde me donne des droits ou des devoirs ? Même si je suis très vieux, je ne suis qu'un homme, certes avec un long passé et une longue expérience, mais je suis soumis comme les autres humains aux dictats de ma condition. Un vieux doit se reposer et se faire discret pour ne pas empiéter sur le monde des jeunes. Je ne m'accorde qu'une sortie publique par mois et quelques sorties privées. On est une star ou on ne l'est pas, une star se doit d'être rare. J'aime bien néanmoins recevoir chez moi des artistes, des hommes politiques ou tout simplement mes voisins, pour discuter et réfléchir sur le monde actuel, le monde ancien, l'avenir du monde. En fait, souvent, c'est simplement pour boire un petit coup avec le vieux. Ils semblent tous friands des anecdotes du siècle précédent. Le « c'était comment avant ? » revient souvent dans la conversation. Mon ancien médecin le Docteur Leblanc tient une place à part dans mon entourage. Il est retraité et semble apprécier ma compagnie pour une partie d'échecs une fois par semaine au "coin du feu".

Longtemps, j'ai essayé, avec assiduité, mais mon esprit n'est pas fait pour cela. Je suis vraiment français à cent pour cent, impossible d'apprendre une langue étrangère correctement. Les cours d'anglais sont bien loin derrière moi. Un coach personnel est même venu m'aider. Je comprends l'anglais, mais le parler revient à discuter avec un poisson, ça ne marche pas. Finalement, je cède à la facilité de la technologie. Si chaque interlocuteur met un écouteur-traducteur dans son oreille, cela permet de converser presque instantanément et sans difficulté. Vive l'informatique ! J'ai abandonné l'apprentissage linguistique car je peux converser avec le monde entier et dans toutes les langues, merveilleux !

Sébastien est venu vivre avec moi à l'âge de 75 ans. Il semble plus heureux que seul dans sa grande maison à Clisson habitée maintenant par son fils. Il serait temps que Kévin trouve une épouse, je pense à ma descendance. Josette, ma jeune bonne fée, veille sur l'Aventurine. Elle a épousé Joseph et vit dans une grande maison avec ses trois enfants, à deux pas de chez moi. Ma vieille bonne amie Joséphine est décédée en Guadeloupe. Josette a appelé une de ses filles Joséphine, en mémoire de sa mère, quelle bonne idée. Joseph s'occupe de tous les travaux d'entretien de l'Aventurine, il est rapidement devenu indispensable.

Ma propriété a pris beaucoup d'extension. On peut faire beaucoup de chose avec l'argent. J'ai acquis tous les terrains autour de l'Aventurine, avec ou sans maison. La proposition financière indécente que je faisais aux propriétaires pour leur achat est très rapidement venue à bout de leurs réticences légitimes. L'Aventurine est maintenant entourée de hauts murs et un centre de surveillance a été créé hors de ma demeure, j'aime ma tranquillité.

Lorsque j'étais enfant, les magnifiques serres du jardin des plantes de Nantes me fascinaient. D'immenses verrières protégeaient de majestueuses plantes exotiques. La création d'une serre géante dans mon jardin a été l'apothéose de mon rêve d'enfant. Joseph est devenu son ange gardien. Avec un horticulteur, je m'amuse à créer des nouvelles espèces de roses. Je fais des croisements avec le plus souvent des résultats calamiteux, mais parfois une perle émerge. Je suis même allé dans des concours, il faut bien s'occuper. J'ai créé l'Eudoxie, une rose ayant des magnifiques pétales jaunes bordés de bleu, au parfum délicat. Plusieurs massifs d'Eudoxie ornent mon jardin, je me sens proche de ma femme en les admirant.

La grille d'entrée est fréquemment envahie de journalistes, paparazzis ou curieux de tous poils, rendant difficile les sorties discrètes. En conséquence, je me suis offert un immense parking sous-terrain avec une sortie cachée à l'autre bout de la propriété. J'y accède par ma cave via un tunnel. L'idée m'est venue en regardant les films de Batman. Grâce à une belle enveloppe pour les élus du coin, les travaux n'ont posé aucun problème. C'est incroyable la facilité de corrompre les gens avec quelques gros billets, l'homme est et sera toujours vénal.

Cela me permet de sortir discrètement sans être assailli par les curieux. Sébastien m'accompagne souvent dans mes voyages. Nous sommes en 2055, le monde évolue, doucement, en mieux. Certes, les problèmes politiques existent toujours dans certaines parties du monde mais globalement, les plus grands pays se sont assagis. Il faut dire qu'ils n'ont pas trop le choix. Les effets pervers de la mondialisation ont permis aux "Grands" de se rendre compte de la fragilité de notre planète. Le pétrole et ses dérivés sont progressivement bannis, trop polluants. Les gens ne se déplacent plus comme au début du siècle, pour un oui ou pour un non. Il faut une raison impérieuse pour un déplacement rapide, par exemple une rencontre politique urgente ou porter secours à des populations sinistrées par des catastrophes. Les avions électriques sont utilisés pour les courtes distances et les avions à hydrogène pour les longues distances. Le tourisme est heureusement toujours possible, uniquement en dirigeable, en train électrique ou bateau électrique associé parfois à la voile. Mes contemporains sont devenus par la force des choses écolo-responsables. Ils voyagent moins mais plus longtemps, ils prennent le temps. Ceux qui n'ont pas le temps ne voyagent pas tout simplement. Sébastien et moi avons le temps, tout le temps.

L'époque est terminée où les monstrueux paquebots vomissaient des hordes d'hommes et de femmes dans des sites touristiques. Venise, Rome ou Barcelone sont redevenues des villes agréables à visiter.

Mon arrière-petit-fils Kévin est devenu gynéco-obstétricien. Faire naître la vie, quel beau métier, je suis fier de lui. Il travaille à Nantes et vient régulièrement à l'Aventurine. Il m'appelle toujours « papi Cléo ». J'adore.

Le temps est favorable à mon rajeunissement. Mon organisme semble suivre la courbe inverse de la sénescence. Je me sens à 130 ans dans l'état physique de mes 70 ans. En bonne forme avec toujours mon arthrose perpétuelle mais je sais qu'elle disparaîtra. Je ne suis plus totalement chauve, une petite couronne de cheveux blancs est apparue autour de mon crâne, ridicule, je les rase. Dans quelques années, mes cheveux repousseront et je pourrais retourner chez un coiffeur. Je m'imagine arrivant dans le salon de coiffure : « Bien dégagé derrière les oreilles et la raie au milieu ». Je ris intérieurement en caressant mon crâne. Pour le moment, je suis dégagé de partout.

J'aime les voyages en dirigeable, donner le temps au temps, prendre son temps, surtout quand on a du temps pour soi. Avant, en moins de 24 heures, je pouvais me retrouver de l'autre côté de la planète. Extraordinaire mais déconcertant. Le dirigeable ne va pas vite mais est totalement écologique, permettant de prendre conscience de la beauté et de l'immensité de la terre. Nous survolons les paysages lentement et les admirons avec un réel plaisir. Il est équipé de cabines de luxe pour des voyages de plusieurs jours si nécessaire. On sait quand on part mais jamais quand on arrive, cela dépend de la météo et du vent. J'aime cette incertitude dans ce monde très règlementé.

Le réchauffement climatique est stoppé, à confirmer dans les prochaines années. Les scientifiques ne sont pas tous d'accord mais il semble que la montée des eaux se soit stabilisée. Tant mieux, cela veut dire que les efforts des hommes n'ont pas été inutiles. Il faudrait encore diminuer le taux de CO_2 et reconstituer la calotte glacière, pas une mince affaire. Les scientifiques travaillent pour trouver les bonnes solutions, capter le CO_2, l'enterrer ou le transformer. Reconstituer les forêts et la couche d'ozone, préserver la nature, tout est mise en œuvre pour restaurer notre planète. Autant détruire la forêt amazonienne fut rapide, autant la reconstituer sera long.

La population mondiale semble stabilisée à environ huit milliards d'individus. L'éducation, la clef est dans l'éducation ! La constatation est pourtant simple, plus les pays éduquent leur population, moins les familles font d'enfant. J'ai œuvré en ce sens depuis des années et donné une grande partie de ma fortune pour l'éducation des enfants. Je sais que cela entraînera des conséquences positives pour plus tard. Beaucoup de riches donateurs ont suivi mon exemple, « on fait comme le vieux, s'il le fait, il doit avoir raison ». Il me semble exercer une petite influence sur les jeunes. Je visite des écoles et martèle sans cesse l'importance de l'instruction dans le monde entier. Si ma modeste parole peut avoir un impact, j'en suis heureux. C'est mon utilité du moment.

J'ai vendu deux fois mon sang depuis dix ans, pour des sommes monstrueusement indécentes. Le laboratoire Pionmor n'a toujours pas trouvé le secret de ma longévité et deux autres entreprises internationales, les laboratoires Wanobi et Molbé se penchent sur la question depuis. La recherche médicale a pourtant fait d'immenses progrès dans tous les domaines.

Je discute régulièrement avec Kévin des avancées scientifiques. Il m'explique qu'avec le simple prélèvement sanguin d'une femme enceinte, en isolant les cellules du fœtus dans le sang maternel, il est possible de donner le sexe, la couleur des yeux, des cheveux, prédire les problèmes génétiques et certaines maladies du futur nouveau-né. Ce n'est pas sans poser des problèmes éthiques et d'infinies discussions sur ce qu'il est légitime de faire ou ne pas faire. Certaines femmes ont avorté car elles voulaient avoir un enfant aux yeux bleus et non pas aux yeux bruns, la bêtise humaine n'a vraiment aucune limite. Pour ma part, je pense qu'il faut laisser la surprise de la vie. Fort heureusement, la recherche permet de corriger certains désordres génétiques après la naissance. Elle va de pair avec les organologues, une nouvelle discipline médicale que je n'aurai jamais imaginée au début de mon exercice professionnel. Ces praticiens sont capables avec un simple prélèvement sanguin de reconstituer la totalité d'un organe sain en quelques mois. On greffe et le tour est joué. Plus besoin de prendre des médicaments anti-rejets avec toute la panoplie d'inconvénients. Pour les cancers, les progrès sont immenses. Après un prélèvement de la tumeur, les cancérologues font une cartographie génétique pour traiter la maladie directement par son point faible. Certes, la guérison n'est pas toujours acquise, mais prendre un médicament contre son cancer est devenu aussi banal que de traiter son hypertension. Dans certains pays riches comme le nôtre, un bilan sanguin annuel permet de détecter le cancer avant qu'il ne soit dangereux pour l'organisme. Un "petit traitement" et on est tranquille jusqu'au prochain bilan.

Conséquence de tout cela, la population vieillit mieux, ce qui n'est pas sans poser de gros problèmes démographiques. Les centenaires et les cendicentenaires (les plus de 110 ans) sont de plus en plus nombreux. Je reste néanmoins le plus âgé. Dans les actualités, on m'appelle le Mathusalem, Mathu pour les intimes. Je ne souhaite pas battre son record de longévité, 969 ans selon la Bible ! Si mon rajeunissement se poursuit, dans 70 ans, je serai mort. Cela m'angoisse et me plaît d'avoir cette échéance. Rester longtemps sur terre, voir mourir tous ceux qu'on aime, son entourage, ses voisins, ses connaissances, rester à regarder le monde et essayer de tourner avec lui dans le bon sens peut créer un certain détachement, alors que l'empathie m'est nécessaire pour aller de l'avant.

De temps en temps, je sors seul. J'ai une panoplie de perruques, de lunettes et de fausses barbes pour passer incognito. Je vais au marché de Talensac, dans le centre de Nantes. Je converse avec les marchands et discute, de tout et de rien, de leurs problèmes de l'actualité. J'aime les contacts avec ces gens. Ils ne savent pas qui je suis ce qui rend la conversation plus franche au fil des années. J'ai mis du temps à me faire accepter. Je vais parfois boire un canon avec deux ou trois d'entre eux, juste pour le plaisir. Ce sont mes moments préférés, les conversations au coin du bar avec Jojo et Nanard.

On parle du temps, du réchauffement climatique, de la récolte d'olives de Normandie, « très prometteuse cette année », des bananes de Nice « bien meilleures que les bananes de Toulouse », des ananas de Bretagne, « un délice », des restrictions d'eau « bientôt, on pourra plus se laver, on pourra même plus boire, heureusement que le vin n'est pas rationné ! », un peu de politique, « les chinois sont dans la merde depuis la révolution des robots ».

Les chinois, avec leur technologie avancée, ont créé des robots pour tout, dans tous les sens, notamment des robots militaires. Je ne sais pas s'ils voulaient devenir les maitres du monde, bien que je l'imagine volontiers, mais c'est l'inverse qui s'est passé. Leurs robots ont été piratés. Par qui ? nous ne le saurons probablement jamais. La conséquence fut terrible pour les dirigeants qui furent massacrés par leurs propres robots. Une forme de république plus démocratique a été la conséquence de ce massacre. Un bien ou un mal ? Je ne sais pas, l'avenir le dira. De toute façon, leur politique démographique a été catastrophique. Dans 50 ans, ils ne seront plus que 500 millions, un beau chiffre quand même, mais avec beaucoup de vieux. Comme pour la Russie, l'Europe, les Etats-Unis et le Japon, ils n'ont pas réussi à résoudre leur problème de dénatalité, un enjeu pourtant majeur. La conséquence de cette dénatalité est une moindre consommation, donc une moindre pollution, bon pour la planète.

Les robots.

Les livres de science-fiction et les films d'anticipation m'ont toujours passionné, mais jamais je n'aurais imaginé vivre dedans. Nous sommes en 2075, j'ai 150 ans et à ma connaissance, je suis l'homme le plus vieux du monde, en pleine forme. De temps en temps, j'ai des coups de déprime mais je me dis que c'est normal et logique. Etant à l'inverse du temps, je ne fais pas comme tout le monde. Avec qui puis-je discuter de mon rajeunissement ? Je suis allé voir plusieurs psychiatres mais ils ne m'ont été d'aucun secours. L'un d'entre eux a voulu écrire un livre sur mes états d'âmes. Je l'ai fait interdire ! De quel droit peut-il écrire un livre sur moi sans mon autorisation ? Le secret médical est toujours intangible. Ayant les moyens de m'offrir les meilleurs avocats, il n'a pas pu le publier et devra se trouver un autre métier.

Un autre psychiatre a voulu me bourrer de médicaments. Stop ! Je n'ai aucune envie de diminuer mes facultés intellectuelles et me transformer en zombie.

Il me faut faire le deuil de tellement de personnes, je me dis finalement qu'il est tout à fait normal d'avoir ces moments de tristesse. Maintenant, je les accepte mieux par la pratique régulière de la méditation. Plutôt que de m'étourdir dans la vie moderne, un instant de tranquillité d'une ou deux heures, seul dans une pièce sans aucune sollicitation extérieure et dans un silence complet me permet de penser, réfléchir, clarifier mes idées et surtout de me détendre. Cela m'apporte une certaine sérénité.

Notre époque est pleine de révolutions surprenantes. La miniaturisation de l'informatique, l'évolution de la technologie quantique, la robotique, tout va très vite, trop vite pour moi. Dernière nouveauté, on injecte systématiquement une nanopuce au bout de l'index de chaque nouveau-né. Cette nanopuce lui permettra d'être reconnu partout, comme une empreinte digitale électronique, s'il le souhaite bien sûr ! Dans notre monde devenu hyper-sécuritaire, peu de gens décident de la retirer à l'âge adulte. Je m'en suis faite poser une, créant un gros problème informatique. Les ingénieurs n'avaient pas conçu une puce pouvant intégrer une date de naissance aussi ancienne, 1925. Ils en ont créé une spéciale pour moi.

Je reçois un colis, je pose mon doigt sur le lecteur, plus besoin de signer. Pas besoin de carte bancaire dans les magasins. Je prends le train, je pose mon doigt sur un lecteur et le sas s'ouvre automatiquement. Je veux régler un achat sur internet, je pose l'index sur le lecteur de l'ordinateur. Tout semble simple avec cette nanopuce.

Le téléphone a encore évolué. Il est possible de le greffer dans la mastoïde, l'os situé derrière l'oreille. Ainsi les gens peuvent téléphoner sans appareil externe. Je ne souhaite pas me faire greffer cet engin sous ma peau, même si cela me séduit.

Les robots pré-humanoïdes sont de plus en plus nombreux, pour les tâches répétitives et lourdes, dans les restaurants, les cuisines, les magasins, les hôpitaux, les usines, les maisons de retraite ou tout simplement chez soi. Ils envahissent notre environnement. Leur perfection est telle que les entreprises ont l'obligation de ne pas créer de robot imitant parfaitement un humain, pour le reconnaitre au premier coup d'œil. Des drones électriques portant des colis ou des personnes sillonnent le ciel en permanence dans tous les sens.

Conséquence de cette aide électronique, la population bouge moins et s'obésifie. Un décret est passé récemment, obligeant chaque personne à un minimum d'exercice physique sur l'année, adapté selon son âge et ses capacités. La nanopuce de l'index permet de surveiller la mobilité de chacun. Obliger un français sédentaire à bouger n'est pas une mince affaire ! Les contrevenants sont dans l'obligation de faire un séjour dans un centre d'éducation sportive. Je n'aime pas trop ce concept de centres qui me font penser à des camps de rééducation. Est-ce une forme de dérive totalitaire ? Au moins, à mon âge, personne ne viendra m'embêter mais Josette ne va pas y couper.

Sur le plan général, ma santé s'est encore améliorée. Je suis pleinement conscient de ma chance. Plus de lunettes, certaines rides ont régressé, ma peau est plus lisse et surtout, mes cheveux ont repoussé. Je vais de nouveau chez le coiffeur et j'ai ri lorsque je lui ai demandé « bien dégagé derrière les oreilles ». Je crois ne pas avoir dit cette phrase depuis une centaine d'années.

Cent ans ! Cinquante ans que je devrais être à côté d'Eudoxie. Penser à ces années passées me donne le vertige.

Mon arthrose s'est envolée, disparue, je me lève, je marche, je me penche, je saute et je cours sans avoir mal. C'est incroyable la jeunesse. Être jeune, c'est avoir mal nulle part et être en pleine possession de ses facultés. Un jeune ne s'en rend pas compte, moi si ! Je fais du sport de temps en temps, petit footing dans ma propriété, pour me décrasser, sans forcer. A mon âge...

Certains journalistes indiscrets me demandent si je ne souhaiterais pas me remarier. J'y ai pensé. J'avais fait quelques propositions à des jeunes femmes lorsque j'étais très mal, pour m'amuser, avant mes 100 ans, mais cela ne ferait plus rire actuellement. J'ai décidé que je n'imposerai pas à une femme de vivre avec un vieillard comme moi, nous n'aurions aucun point commun. De plus, ma richesse est une source de convoitise. Plusieurs femmes ont tenté de s'accrocher à moi comme des berniques sur un rocher. Je ne suis pas dupe et les ai éconduites fermement, avec délicatesse bien sûr. Eudoxie restera toujours mon seul amour.

Sébastien vit toujours avec moi, un vieux monsieur de 95 ans, en forme pour son âge. Il a eu un début d'Alzheimer, soigné à temps. Les progrès de la neurologie permettent de traiter efficacement cette triste maladie. Il a déjà fait cinq cancers, tous guéris. On vieillit mieux et on meurt généralement de vieillesse, de l'usure du temps.

Kévin a 55 ans et vit avec Maya. Ils ont eu un garçon, Paul, le même prénom que mon grand-père. Paul Gentil est mon arrière-arrière-petit-fils. Kévin l'a eu tard, comme son père, à 40 ans. Un seul garçon, une petite famille, l'atavisme familial. Paul, déjà 15 ans, est un garçon vif et intelligent qui adore monter à cheval. Je l'accueille avec son père et sa mère régulièrement. Josette le couve et exprime sa bonne humeur lorsqu'il arrive, « enfin un peu de jeunesse ! hi hi hi ». Merci pour moi. Josette s'est bien enveloppée au fil des années. Elle est devenue comme sa mère, son portrait craché, la même vitesse, les mêmes expressions, la même obésité, le même humour, « le robot aspirateur est encore en panne, qu'est-ce que je vais faire ? Je ne sais même plus où on a rangé le balai et si je saurais encore m'en servir hi hi hi ! ».

Je monte Pâquerette et Paul Bouton d'or, je n'ai pas beaucoup d'imagination pour appeler mes nouveaux chevaux, comme pour les springers. Pitch 5 a remplacé Pitch 4, je n'imagine pas vivre sans chien chez moi. Monter à cheval avec Paul fait partie de mes petits moments de bonheur, un de ceux que je garde dans mon cœur, pour moi, égoïstement, une nouvelle pépite dans mon tiroir. Quel homme peut se targuer de pouvoir se promener à cheval avec son arrière-arrière-petit-fils ? Nous goûtons ensuite avec des gaufres faites maison par Josette, napées de crème au caramel salé, sa spécialité, jus de mangues de la propriété, et on discute. Lui aussi m'appelle Papi Cléo comme son papa. Il me pose sans cesse des questions :

— Papi Cléo, pourquoi t'es vieux dedans et pas dehors ?

Je ne vais pas lui ressortir mon histoire de vampire, il risquerait de la croire.

— Dans la vie, mon petit Paul, il y a des choses qu'on explique, et d'autres qu'on n'explique pas. Les choses qu'on n'explique pas, il faut les accepter et continuer à vivre quand-même. Lorsque j'ai eu 100 ans, j'étais en mauvaise forme, malade de partout. Je ne pouvais plus marcher ni me nourrir seul et je ne voyais plus. J'attendais la mort avec impatience. Inexplicablement, ma santé s'est améliorée, doucement mais sûrement. Depuis, la vie a recommencé à couler allègrement dans mes veines.

— C'est quoi la vie papi ?

— Très bonne question. Je me la suis posée longtemps et je vais te faire une réponse qui va t'étonner. Vivre, c'est manger !

— C'est tout ?

— Tu trouves que c'est trop simple comme réponse ? Tu manges, tu vis, tu arrêtes de manger, tu meurs. Les plantes, les arbres, les virus, les parasites, les algues, les bactéries, tous ces organismes mangent. S'ils ne mangent pas, ils meurent. Chacun mange à sa façon pour se développer mais s'il arrête de manger, la mort est au rendez-vous.

— Mais les graines des plantes, elles sont vivantes ou elles sont mortes ? J'ai lu que certaines graines ont germé après plus de mille ans.

— Réfléchit un peu et trouve la réponse.

Paul plisse son front et finit par répondre :

— Une graine toute seule, ça ne sert à rien. Il faut la mettre dans la terre et l'arroser pour qu'elle germe, donc il faut la nourrir pour qu'elle vive, sinon elle est morte.

— Bien répondu.

— Et après la mort, qu'est-ce qu'il se passe ?

— Mauvaise question, je n'ai pas la réponse. Personne ne sait ce qui se passe après la mort et c'est peut-être aussi bien comme cela. Imagine que l'on sache ce qui se passe après la mort, par exemple le paradis éternel ou un monde extraordinaire. Il est possible dans ce cas que l'on veuille écourter sa vie pour y arriver plus vite. Mais dans ce cas, la question est : pourquoi sommes-nous vivants sur notre terre ? D'autre part, si l'enfer existe et que l'on a mal agi sur terre au point d'aller en enfer, on ne sera pas vraiment pressé de mourir. Finalement la question n'est pas : qu'est-ce qui se passe après la mort ? Après-tout, en s'en fiche royalement puisqu'on va tous mourir un jour. La question est plutôt : qu'est-ce qu'on fait sur la terre ?

— Et qu'est-ce qu'on fait sur terre ? renchérit Paul.

— Bonne question ! Personne ne te dira rien sur ton rôle sur terre et ce que tu dois faire. C'est à toi de trouver ton chemin. Ta famille, tes amis et tes professeurs sont là pour t'enseigner et te guider. Parfois tu prendras un mauvais chemin, tu le sentiras en toi et tu ne seras pas en phase avec toi-même. Lorsque tu prendras le bon chemin, pas forcément le plus facile, tu le sauras et tu seras par la suite plus heureux dans ta vie.

— Et mes gaufres, hi hi hi, qui sera heureux de manger mes gaufres au lieu de discutailler sur ces bêtises ? demande Josette. Moi je vais te dire mon petit Paul ce que c'est la vie. Avoir un toit, une belle famille et de quoi manger, c'est ça la vie. Prie le bon Dieu pour avoir des gaufres comme ça tous les jours.

— Des gaufres comme ça, je veux bien, répond Paul avec un air gourmand. Avec de la crème au caramel s'il te plaît, plein de crème.

— Et une dernière pour moi s'il vous plaît Josette, demande Cléophas. Vous pourrez aussi en faire une pour Sébastien ? Je lui monterai dans sa chambre.

— Voilà mon rôle dans ce monde, faire des gaufres pour des gourmands. Tu vois Paul, la vie n'est pas plus compliquée que cela, hi hi hi.

— Tu vois Paul, reprend Cléophas, les gaufres ont un rôle dans notre vie et un chemin tout tracé, celui de notre estomac.

Et il se sert de jus de mangue en riant.

Mes ancêtres.

Paul a le chic pour me poser des questions difficiles. Il trouve toujours le moyen de me pousser dans mes retranchements. Je ne sais pas tout, loin de là, mais j'ai néanmoins quelques connaissances liées à ma longévité. Lors d'une promenade à cheval, après un galop de quelques minutes, nous discutons au pas, côte à côte, lorsqu'il me pose cette question :

— Dis-moi, papi Cléo, d'où on vient ?

Question facile, ouf !

— Tu es mon arrière-arrière-petit-fils. Mes parents sont morts jeunes et je n'ai pas connu mes grands-parents, décédés très jeunes eux-aussi. Nous avons eu des fermiers dans la famille, des commerçants, des ouvriers aussi mais je ne sais pas bien car je n'ai jamais fait de recherches approfondies sur ma généalogie. Cela ne m'a jamais passionné. On est là, à l'instant présent, c'est ce qui compte pour moi.

— D'accord, mais ma question c'est d'où on vient, comment l'homme est apparu sur terre, comment est-il arrivé ?

— Bigre, quelle question !

Je réfléchis un peu et lui répond :

— En fait, on est loin de tout savoir. La paléoanthropologie a fait beaucoup de progrès pour la datation des restes des premiers êtres humains. Comment l'être humain en est-il arrivé à dominer le monde ? Les théories de l'évolution, il faudra que tu lises les écrits de

Darwin, font de *l'homo sapiens*, c'est-à-dire nous, l'évolution ultime des primates, le premier connu étant le *Sahelanthropus tchadensis* beaucoup plus difficile à prononcer que l'australopithèque africain son descendant. Nous sommes le dernier élément connu de la chaine. La question est de savoir comment des primates ont pris le dessus sur d'autres primates. Est-ce une évolution continue ou avons-nous affaire à une intervention divine ? Tu as une idée ?

— Aucune idée.

— Je pencherais plus pour une intervention divine, un petit coup de pouce de Dieu par-ci par-là. Comment expliquer qu'une espèce prédominante puisse être tout à coup, peut-être sur plusieurs siècles, éliminée par une autre espèce ? Est-ce grâce à une mutation génétique qui rend plus intelligent, plus fort et plus efficace une autre espèce devenant à son tour dominante ? Les squelettes fossilisés retrouvés sont catégorisés dans une espèce donnée. Si l'évolution des espèces était une évolution progressive, nous aurions des variations infinies sur les squelettes. Au lieu de cela, un type de squelette par genre et stop, on arrête et on change de genre. *L'homo sapiens* serait apparu il y environ 300 000 ans, un infime fragment de temps dans la vie de notre planète. Actuellement nous dominons la terre, sur le plan animal bien sûr, au point d'être plusieurs milliards d'individus. Beaucoup trop à mon avis.

— Donc, ça veut dire qu'un jour, nous serons nous-même dominés par une autre espèce émergente plus forte et plus intelligente que nous ?

— J'en ai bien peur, mais nous avons quand même quelques belles années à vivre en attendant.

— Dis Papi Cléo, est-ce que le fait de rajeunir fait de toi une nouvelle espèce d'homme et moi aussi, ton descendant ?

— L'avenir nous le dira, mais je pense que nous serons très déçus si nous nous mettons cette idée dans la tête. Je dois t'avouer que je n'avais jamais pensé mon rajeunissement dans ce sens.

— Super papi Cléo, je crois que vais t'appeler comme ça maintenant.

— Papi Cléo me suffit largement, très largement, lui répond Cléophas en riant. Allez, au trot, avançons un peu.

Comment va le monde ?

Du haut de mes 150 ans, mon regard sur le monde est bien différent de celui des jeunes. A mon niveau, les jeunes sont en majorité les moins de 80 ans, les actifs.

J'aime rencontrer les artistes. Ce sont des créateurs, des chercheurs de rêve avec chacun son style. Certains copient les autres et ne me plaisent pas beaucoup contrairement à ceux qui essayent de trouver des nouvelles formes d'expression artistique. J'adore ces originaux qui se gargarisent de mots ne voulant rien dire, créant ainsi leur univers personnel. Le public accroche, ou pas. Gloire ou misère, tel est leur lot. J'observe, cela m'amuse.

Les politiciens m'intéressent énormément. Ce sont des femmes et des hommes qui veulent et peuvent changer le monde. Ils mettent une énergie incroyable pour arriver en haut de la pyramide et gagner le pouvoir. Je remarque vite ceux qui possèdent de véritables capacités contrairement aux opportunistes inutiles et nauséabonds. J'appelle ces derniers des ventilateurs, ils brassent du vent pour rien. Malheureusement, les ventilateurs sont largement majoritaires.

Certains politiciens souhaitent me voir, cherchant ainsi l'approbation de Mathu pour appuyer certaines de leurs décisions. Je me déplace parfois à l'Elysée ou à Matignon pour donner mon avis. Le Président m'a proposé un bureau permanent, mais j'ai refusé, il n'est pas question de m'incruster et j'apprécie trop mon chez-moi. La politique n'est pas mon domaine, je ne suis seulement qu'un très vieux médecin.

J'aime quand le bon sens prend le pas sur l'argent. Quelle drôle d'idée d'importer des produits d'un autre pays quand on peut produire la même chose chez soi ! C'est logique mais les accords commerciaux ont pipé les dés. On ne va quand même pas importer des cerises en hiver alors qu'on en produit chez nous à la fin du printemps ! Est-il vraiment nécessaire de manger des cerises toute l'année ?

L'obsolescence programmée est enfin terminée, même s'il faut toujours être vigilant. La décision de renvoyer à leurs producteurs les produits mal conçus, périmés trop vite ou non réparables a changé la donne. Par exemple, une machine à laver la vaisselle fabriquée en Chine, mal conçue, tout le temps en panne et non réparable, est renvoyée au fabriquant, à ses frais et doit être remboursée ou changée, moyennant des pénalités dissuasives. Cela permet d'avoir enfin des machines d'une durée de vie raisonnable, vingt à trente ans, sans trop de soucis et c'est bon pour la planète. Les industriels savent faire des objets qui durent mais ne voulaient pas le faire. La France a été le premier pays à exiger l'arrêt de l'obsolescence programmée, l'Europe a suivi car l'idée est bonne et les pays producteurs ont été obligés d'accepter ces conditions. Vu l'importance prise par la robotique, je me réjouis de voir le bon sens prendre le dessus.

Avons-nous le temps ?

Josette est dans tous ses états, Paul vient déjeuner. Il a 16 ans aujourd'hui et vient seul avec ses questions pertinentes. Il apprécie comme moi le colombo d'agneau et savoure la délicieuse recette ancestrale de ma cuisinière préférée. J'attends avec impatience le sujet qu'il souhaite aborder. Il tourne autour du pot, parle de ses amis, ses parents, son anniversaire, est-que je vais lui offrir un cadeau ? Y-ai-je pensé au moins ? Je ris, comment oublier son anniversaire !

Il attend la fin du fromage pour me demander :

— Papi Cléo, toi qui es très vieux, tu dois savoir, c'est quoi le temps ?

Je ris, fort, très fort. Il m'a encore piégé. Je ne m'attendais pas à cette question. J'aurais plutôt préféré : « Comment on aborde une fille ? » ou « pourquoi on pleure quand on épluche un oignon ? » mais le temps, c'est une question piège. Je réfléchis un peu avant de répondre :

— Définir le temps, c'est très difficile. Un exemple, une seconde passe, elle est passée et ne reviendra plus jamais, on sait que la suivante va arriver, elle fait partie du futur, inéluctablement elle passe et fait partie du passé. Le temps s'inscrit dans la durée sans retour en arrière.

— Je n'ai rien compris.

— C'est normal, moi non plus. Je reprends. Imagine un fleuve qui s'appelle Temps. Tu es sur un petit bateau sans rame, tu suis le cours de l'eau. Tu avances avec lui, tu ne peux pas reculer mais tu peux regarder en arrière et imaginer ce qui va se passer devant.

— Je comprends mieux.

— Le fleuve est large, tous les humains sont sur le fleuve, chacun dans un petit bateau, alignés, les uns à côté des autres, ils avancent tous dans le même temps, la même direction, sans retour en arrière. Le fleuve Temps est immense, il n'a pas de bord, large comme un océan. Les gens naissent et meurent, ils arrivent sur le fleuve, la naissance, ou disparaissent, la mort. Ce mouvement est incessant et tu te retrouves, tout petit parmi les milliards d'humains sur le fleuve.

— C'est joli comme image, mais cela ne m'explique pas ce qu'est le temps.

— Le temps fait partie de l'univers. Les savants ont créé des moyens extrêmement sophistiqués pour calculer le temps, en fait la durée. La durée d'une vie, c'est le temps passé entre la naissance et la mort. La durée d'une seconde est maintenant calculée à l'échelle atomique. Les vieilles horloges de nos ancêtres sont devenues trop imprécises pour le monde actuel. En fait, on coupe le temps en petits morceaux, cela nous rassure sur l'impalpable et surtout, nous donne la possibilité de vivre ensemble. Que serait le monde si les horloges n'existaient pas ? Ce serait une cacophonie.

— D'accord pour la durée, ce n'est pas difficile à comprendre, mais le temps, c'est quoi ?

146

— Je te réponds par une autre question, le temps a-t-il un début ou une fin ? Les astrophysiciens ont imaginé une théorie de début de l'univers. Il y a plus de 13 milliards d'années, le Big Bang aurait créé une explosion en un point de l'espace, à l'origine de l'univers en perpétuelle expansion depuis. C'est une théorie intéressante qui soulève plusieurs problèmes. Le temps qui nous semble infini a-t-il débuté à ce moment-là ? Et donc, s'il a un début, a-t-il une fin ? Et avant le Big Bang, est-ce qu'il existait quelque chose, ou rien ? Est-ce-que Dieu est à l'origine du Big Bang ? Dieu existe-t-il ? Tu vois, ta question toute simple soulève d'immenses problèmes sans réponse.

Paul regarde Papi Cléo avec de grand yeux étonnés, la bouche grande ouverte. Cléophas reprend :

— Chacun a sa perception du temps. Quand j'avais 99 ans, le temps me semblait, long avec des journées interminables. Quand tu es avec moi, le temps me parait très court.

— Moi aussi Papi. Et si on est immortel, est-ce que le temps passe de la même façon ?

— Je n'en sais rien, je ne suis pas immortel. De toute façon, si tu te places à l'échelle cosmique, à moins de faire des voyages interstellaires, tu finiras toujours par mourir car notre soleil ne sera pas éternel. Il a quand même une durée de vie théorique de plusieurs milliards d'années mais si le soleil meurt, la terre disparaîtra aussi.

Josette arrive avec gâteau au chocolat surmonté de 16 bougies.

— Ce n'est pas un peu fini ces conversations ? Je vous écoute depuis tout à l'heure et franchement, c'est n'importe quoi. Ça part dans tous les sens, ce n'est pas constructif, pas clair, un peu trop réfléchi, hi hi hi !

Paul et Cléophas rient des commentaires de Josette qui continue dans sa lancée :

— Je vais vous dire ce que c'est le temps. Aujourd'hui, le temps est beau et si vous ne mangez pas tout de suite le gâteau, vous n'aurez pas le temps de faire du cheval ou du bateau. Avoir du temps, c'est précieux et c'est bien d'en avoir beaucoup.

— Merci Josette, dit Cléophas, je vous invite à partager le dessert avec nous. Vas-y Paul, souffle tes bougies, voici ton cadeau.

Paul souffle les bougies et ouvre son paquet. Il en sort une magnifique montre.

— C'est la montre de mon grand-père Paul Gentil, un objet ancien et précieux. Prends-en soin, elle marche encore et je trouve qu'elle est en lien avec notre conversation. Je suis heureux de te l'offrir aujourd'hui.

— Merci Papi. Elle est superbe.

— Moi aussi, j'ai la montre de ma grand-mère, explique Josette la bouche pleine de gâteau, mais elle ne marche plus, elle est tombée un jour dans une friture d'acras de morue. Je la garde quand même, c'est un souvenir. J'aime bien garder les souvenir du temps passé, hi hi hi.

Les riches.

Plus je vieillis, plus je constate que les riches sont de plus en plus riches et les pauvres de plus en plus pauvres, une inégalité flagrante et injuste. Ma nouvelle lubie consiste à rencontrer les riches, les hommes et les femmes les plus fortunés de la planète. Ma notoriété imméritée liée à mon âge m'ouvre des portes avec une facilité déconcertante. J'ai d'abord rencontré quelques français très riches, uniquement des multimilliardaires. Je les vois, une, deux, trois fois, plus si nécessaire. Pourquoi ? Pour leur apprendre à donner du sens à leur vie.

Par exemple, Monsieur Gonzague Baitelère, cinquante ans, est à la tête d'une multinationale avec des entreprises dispersées dans le monde entier. Il est flatté que je veuille le rencontrer. Arrivé à un certain niveau, ce genre de personnage vit totalement en dehors des réalités du monde.

Première étape, le flatter, gagner sa confiance, l'écouter, le faire parler de lui. De ce côté-là, aucune difficulté, j'ai tout mon temps, je suis une oreille attentive. Gonzague me raconte sa vie pendant plusieurs heures d'affilées. Bien sûr, je me renseigne auparavant pour savoir à quel genre d'olibrius j'ai affaire.

Deuxième étape, plus ou moins rapide, je lui parle de l'avenir, du sens qu'il donne à sa vie et à ce qu'il fait, l'évolution de ses entreprises, de ses projets. « Cela restera entre-nous ». Ils se confient assez facilement auprès du vieux monsieur que je suis, comme à confesse. Je crois être assez doué pour cela.

Quand il est bien ferré, je passe à la troisième étape, assez jouissive pour moi. Je lui pose une simple question : « que voudriez-vous que vos concitoyens pensent de vous après votre mort ? », question simple qui ne laisse jamais indifférente. J'ai sorti le gros mot, le méchant mot, le mot qui tue, la mort !

Ayant flirté avec elle, je sais de quoi je parle mais, même après 150 ans, je n'en sais pas plus que le jour de ma naissance.

Donc, insidieusement, je suggère à Gonzague que le souvenir qu'il devrait laisser au monde serait celui d'un généreux donateur plutôt qu'un accumulateur forcené. Même s'il ne croit pas au paradis ni à l'enfer, je lui cite cette phrase de l'Evangile de Saint Matthieu : « il est plus facile à un chameau de passer dans le chas d'une aiguille qu'à un riche de rentrer dans le royaume des cieux ». D'accord, le royaume des Cieux, nous n'avons aucune idée de ce que c'est, mais le chameau et le chas d'une aiguille, c'est du concret.

Et je le quitte, l'abandonnant à ses réflexions. Après avoir passé du temps avec lui, avec de bonne discussions, sympathiques et franches, je le laisse mariner, ne répondant à aucune de ses sollicitations et je change de milliardaire.

Un an plus tard, je reprends contact avec Gonzague. Il a changé. Il a appris à donner, un peu, ou beaucoup. Pour certaines personnes, plus elles gagnent de l'argent, plus il est difficile de le distribuer. Je le félicite, le flatte, lui demande combien il a donné, combien il lui en reste et que lui faut-il pour vivre correctement jusqu'à la fin de sa vie. Je lui suggère progressivement de garder "seulement" quelques millions.

Le plus étonnant, c'est que cela marche neuf fois sur dix. Grâce à moi, des milliards sont transférés pour des associations en faveur des plus pauvres, l'éducation, la stabilité climatique de la planète ou la recherche.

Qu'ai-je promis en échange ? Rien et c'est ça le plus risible. Le salut de leur âme ? Je ne suis pas Dieu, je ne peux rien promettre. Je suis juste un vieil homme qui cherche encore et toujours sa place dans le monde.

Ainsi, je voyage dans le monde entier, je côtoie les milliardaires, les politiciens, le show-biz, mais rien de me plait plus que de rentrer chez moi, à l'Aventurine, auprès de ma famille, couvé par Josette. J'aime passer du temps dans ma serre géante, tailler mes rosiers avec Joseph, humer mon jardin, me plonger dans mes vieux livres, rêvasser sur mon bateau. Vieillir est une épreuve, rajeunir en est une autre. Quel regard est-ce que je porte sur moi dans ma salle de bain, devant la glace ? Quel regard portent les autres sur moi ? Certes, je fais des envieux mais je me pose toujours cette question en me scrutant devant le miroir : "que se passe-t-il après la mort ?". Il faut que j'attende mon heure, de longues années encore et encore. Tel que c'est parti, je vais vivre 200 ans, juste beaucoup plus d'années que les autres.

Josette.

Josette veut me quitter, prendre sa retraite et vivre la fin de sa vie en Guadeloupe, la terre natale de sa famille.

— Monsieur Gentil, je suis vieille, je me sens plus vieille que vous. Vous vous rendez compte ? Je monte l'escalier, je suis essoufflée, je me trompe tout le temps dans la programmation des machines, et j'ai pris du poids, je suis devenue une grosse vache inutile.

— Je ne m'en suis pas rendu compte, vous êtes radieuse comme au premier jour de votre arrivée dans cette maison.

— Pourquoi vous me flattez ?

— Pour vous garder bien sûr ! Vous êtes l'âme de la maison, sa mémoire, son essence.

— Et alors ?

— Que ferais-je sans vous ?

— Vous allez trouver une remplaçante toute jeune, toute fine, toute belle, hi hi hi.

— Une perle comme vous, le monde n'en a pas deux.

— Justement si. J'ai une nièce, elle a vingt ans, elle sera parfaite pour s'occuper de vous.

— Célibataire ?

— Pour le moment, mais ça ne va pas durer longtemps, belle comme elle est.

— Aussi exigeante que vous ?

— Encore plus.

— Alors, elle doit être vraiment exceptionnelle ! Bon, peut-être qu'elle pourra vous remplacer. En pratique, elle pourra venir me voir dans une dizaine d'années.

— Trois mois Monsieur Gentil, trois mois seulement. Je vous donne mon préavis et je vais prendre ma retraite.

— Mais c'est trop triste, pire qu'un enterrement !

— Ne parlez pas de malheur, je pars seulement vivre une autre vie. Vous viendrez me voir en Guadeloupe.

— Je n'ai jamais voulu voyager là-bas pour voir votre mère. Vous savez pourquoi ?

— Je ne sais pas pourquoi Monsieur Gentil, dites-moi la raison.

— J'ai été trop triste de voir partir votre mère. Comme le dit Alexandre Page dans le titre de son livre, "partir c'est mourir un peu". Le départ de Joséphine a été une petite mort pour moi. Aller la voir et la quitter à nouveau alors que j'ai vécu tant de bons moments avec elle aurait été trop difficile. J'ai préféré ne pas la revoir et la garder présente dans mon esprit comme je l'ai connue. Il en sera de même pour vous. Josette, dans mon esprit et dans mon cœur, vous resterez inoubliable.

— Arrêtez, Monsieur Gentil, vous allez me faire venir les larmes aux yeux.

— Et pourquoi réfréner les larmes quand elles peuvent exprimer humblement nos sentiments ? Je les revendique et les accepte comme une marque de notre humanité.

— Vous avez gagné, ça y est, je pleure ! Vous êtes machiavélique Monsieur Gentil, ce n'est pas bien de jouer avec mes sentiments mais je partirai quand même, pas sans regrets. Je ne suis pas comme vous, je ne rajeunirai pas et je ne le souhaite pas, cela me semble trop compliqué de vivre longtemps.

— Ce n'est pas mon choix, Josette, pas mon choix.

— Je vous laisse, j'ai à faire dans la cuisine, un bon petit plat mijoté pour Monsieur Gentil, à la main, sans machine, comme avant.

Elle quitte la pièce, laissant Cléophas assis dans son fauteuil, les yeux dans le vague.

Jania.

Cela fait déjà dix ans que Josette m'a quitté pour vivre sa retraite en Guadeloupe. Jania l'a remplacée, en douceur, tranquillement, naturellement. Du haut de mes 170 ans, j'apprécie sa gentillesse et sa disponibilité. Josette ne s'était pas trompée. Même modèle, même tempérament, à croire que toutes les filles de cette famille sont faites sur le même moule. Elle est bien meilleure que moi pour programmer les robots et cuisiner. Je l'aide souvent à éplucher les légumes, faire la petite main dans la cuisine me donne l'impression d'être utile. Elle s'est mariée, a deux enfants et son mari Justin, comme Joseph, s'occupe du jardin et de la serre. Les générations se suivent et se ressemblent.

Extérieurement, j'ai l'apparence d'un trentenaire. Intérieurement, je me sens très vieux. Ma mémoire ne flanche pas, elle est toujours aussi vive mais j'ai des difficultés à m'insérer dans la vie actuelle, comme pour monter un escalier. Je reste à la regarder en me disant : « il faut y aller, courage, c'est facile », mais je n'y arrive pas toujours, un peu bloqué par un je ne sais quoi.

Ai-je vraiment envie d'aller plus loin ? Qu'est-ce qui me donne l'envie, qu'est-ce qu'une envie ? Envie d'aller au cinéma ? Au restaurant ? Au théâtre ? Voir des amis ? Je n'en ai plus de mon âge. Voyager ? La vie est une répétition de séquences posées les unes après les autres, lever, manger, activité, manger, activité, manger, soirée, dormir.

Le matin, à mon réveil, ma première pensée est : "quel âge ai-je, quel jour et quelle année sommes-nous". Un fois ces réponses bien ancrées dans mon cerveau, je peux me lever. Il me faut rester en contact avec la réalité, ma réalité de tous les jours.

J'ai voyagé dans le monde entier et visité la terre comme personne ne l'a jamais fait. Je suis même allé en haut du Mont-Blanc l'an passé. Cela ne m'a pas intéressé, long, exténuant, froid et au bout du compte, on reste très peu de temps en haut. Je n'aurais aucune envie de gravir l'Everest, quel intérêt, des milliers d'autres alpinistes l'ont déjà fait.

Pouvoir pratiquer des activités sportives est un des gros avantages de mon rajeunissement. Courir, sauter, se dépasser et ne pas en souffrir est une véritable jouissance. Je sécrète des endorphines qui me shootent un peu, au bon sens du terme. Pratiquer une activité sportive est essentiel pour rester jeune dans l'esprit de mes contemporains mais moi, je suis de plus en plus jeune sans faire de sport. Même si je parcours à pied 1 km en trois heures, je serai le recordman du monde dans ma catégorie d'âge. Je n'ai aucun concurrent à qui me frotter. Quoi que je fasse, je suis un champion, sans effort. C'est drôle dans un sens, mais pathétique dans un autre sens. Quand est-ce que mes records du monde seront battus ? A quoi bon faire un record du monde !

Le doyen de l'académie de médecine, m'a invité à Paris pour animer une conférence sur un thème que je connais bien : la médecine dans les années 1960. Nous sommes en 2095, cela fait environ 140 ans que j'ai commencé ma carrière professionnelle et bien longtemps aussi qu'elle est terminée. J'imagine si, en 1960, un médecin de l'époque napoléonienne était venu nous faire une conférence sur sa pratique professionnelle, nous aurions été surpris du peu de connaissances médicales du début du XIXème siècle.

Il est extrêmement difficile pour les médecins de cette fin du XXIème siècle de comprendre le côté presque artisanal de la médecine lors de mon installation. Pas d'ordinateur, tout était noté sur du papier, pas d'échographie, pas de scanner ni d'IRM, juste des radiographies et des examens biologiques très simples. Les diagnostics étaient cliniques et les traitements véritablement efficaces très peu nombreux. L'âge de bronze de la médecine. Nous avions quand même les électrocardiogrammes, des antibiotiques et c'était le début des traitements à base de cortisone. Les médecins actuels sont devenus des techniciens, capables de faire marcher des machines qui diagnostiquent, interprètent et traitent. Un problème coronarien ? 5 minutes dans le tomoneutron, l'outil ultime de l'imagerie médicale, l'intelligence artificielle interprète et fait le diagnostic. Direction le cardiorobot, bien plus fiable qu'un cardiologue de l'ancien temps et opérationnel tous les jours. Il met en place les stents sous le regard bienveillant du méditech, récupération rapide du patient. Une fracture ? 5 minutes dans le tomoneutron, intervention dans la foulée, sans méditech pour les cas simples. Certes, cette médecine est moins humaine mais elle est plus efficace. Le processus est identique pour les organologues. Changer un foie, une rate, un œil, un rein ou un pancréas ? pas de problème. Seul le cerveau ne peut pas être changé, il peut juste être trafiqué avec des implants neuroniques.

Les infections ? Avec les thérapeutiques ciblées, on trouve, on traite, elles ne durent que deux ou trois jours, sauf négligence du patient bien sûr. Bref, tout patient proche d'un lieu médical sera bien soigné, s'il est bien assuré. La France reste l'un des meilleurs pays au monde pour la santé.

Le jour de la conférence, la salle est comble. J'en suis presque intimidé. Malgré le temps passé, j'ai toujours des difficultés à intégrer mon statut d'homme exceptionnel dans le regard des autres. Je suis juste beaucoup plus vieux qu'eux. Le doyen a 75 ans, un gamin pour moi, un vieil homme pourtant. Je m'amuse de temps en temps en lui donnant du "jeune homme" dans les discussions. Il est vrai qu'avec ma tête de trentenaire, cela prête à rire.

J'ai encore des difficultés avec les projections 3D, mais avec un peu d'aide, j'arrive à me débrouiller. Mon professeur de dermatologie racontait, lorsque j'étais étudiant, que les patients venaient dans les congrès médicaux montrer leur pathologie aux participants. Les médecins pouvaient les voir, les toucher et les interroger sur leurs maladies. Cette pratique semble inconcevable actuellement. En cas de problème diagnostic, très rare, une photo 3D est prise et un collège de professeurs peut donner son avis rapidement. Actuellement, la dermatologie a disparue comme beaucoup d'autres spécialités, le méditech gère les problèmes.

L'auditoire ne pipe mot. J'explique la pauvreté de la communication à ma naissance, le début de la radio, le gramophone, l'absence de télévision, de téléphone portable, d'internet. J'entends des exclamations d'étonnement, cela me fait sourire. J'explique que Marie Curie est morte 9 ans après ma naissance, j'aurais presque pu la croiser. A la fin de ma conférence, les questions fusent. Ils ont l'air content mais je me sens vieux, très vieux, pas fatigué, si, un peu quand même, avec l'impression de porter le poids du temps sur mes épaules. Personne ne semble connaître sa lourdeur comme moi. Je me sens en dehors du leur, j'ai mon propre temps à moi.

Heureusement, mon retour à l'Aventurine me libère l'esprit, à croire que je respire mieux dans ma campagne. Jania m'a préparé un colombo d'agneau :

— Comme ma grand-mère Joséphine, hi hi hi, la même recette.

— Et toujours aussi bonne. Je crois en avoir mangé au moins une tonne dans ma vie.

— Vous êtes gourmand, Monsieur Gentil, un vieux gourmand.

— Les vieux ont besoin de manger, pour continuer à vieillir.

— Ou à rajeunir comme vous !

— Mon esprit vieillit, mon corps rajeunit. Vieux dedans, jeune dehors.

— Moi je suis jeune dedans et jeune dehors.

— Profitez-en, on ne sait jamais de quoi sera fait l'avenir. Le mien, je le connais.

— Comment ça Monsieur Gentil ?

— Ce n'est pas un secret, je vais continuer à rajeunir jusqu'à mourir de jeunesse.

— Mourir de jeunesse ?

— Oui, je vais probablement mourir d'être trop jeune. Imaginez, quand je serai un nourrisson, qu'est-ce qui va se passer ? Personne ne le sait ! Est-ce douloureux de mourir de jeunesse ? J'espère que non. Cela fait 70 ans que je me porte comme un charme, pas au début mais progressivement et je suis maintenant au meilleur de ma forme. J'ai trop souffert lorsque j'étais vieux dehors pour ne plus avoir envie de souffrir. Mon esprit ne peut oublier ces moments terriblement difficiles, une cicatrice indélébile comme la mémoire d'une crise de goutte ou d'une colique néphrétique. On en fait une fois et la douleur est telle que ce mauvais souvenir reste la vie entière, le corps redoutant une récidive. Je ne vais pas me préoccuper tout de suite de ma prochaine mort, pas avant une quinzaine d'année, lorsque je recommencerai mon adolescence "tardive". J'espère au moins ne pas avoir d'acné.

— Vous me permettrez de percer vos gros boutons d'acné ? J'adore ça, hi hi hi.

— Je vous remercie de votre gentillesse Jania, mais sans façon.

Il rit en imaginant Jania lui perçant ses pustules. Non vraiment, ce n'est plus de mon âge.

Kévin.

Kévin a 75 ans, qualifié de veuf, même s'il n'a jamais été marié. Le mariage est une institution tombée en désuétude. Les couples mariés et unis jusqu'à la fin de leurs jours sont une rareté signalée occasionnellement dans les e-journaux lorsque les journalistes n'ont plus rien à raconter. La durée de vie s'est allongée et vivre avec la même personne toute sa vie n'est pas toujours facile, la société moderne ayant créé des humains égoïstes et solitaires.

Les aides sont multiples avec la robotique et les relations humaines deviennent compliquées. Les casques immersifs permettant de se plonger dans un monde imaginaire rendent difficile le partage des loisirs. Je ne vois pas d'un bon œil l'évolution de cette société mais je n'y peux rien. Je me souviens d'une époque où je me disais "STOP !", on attend quelques années le temps de digérer une technologie avant d'avancer vers une autre. Mais il n'y a jamais eu d'arrêt, les cerveaux des scientifiques produisent du "progrès", toujours plus. Est-ce vraiment un progrès toute cette évolution scientifique ? Quand on croise un être humain dans la rue, il porte soit des lunettes connectées, soit il regarde un écran et souvent, il parle tout seul. Il fut une époque où un homme parlant seul dans la rue était interné chez les aliénés. Maintenant, les fous sont en liberté mais il s'agit de la folie de notre société. Une petite catégorie d'hommes et de femmes refuse tout contact avec la technologie et prône un retour total à la nature. Je pense qu'ils font fausse route et qu'il existe un juste milieu. On ne peut pas vivre dans la nature, rejeter la société actuelle et courir dans les hôpitaux pour se faire soigner avec la technologie moderne au moindre pépin de santé.

Maya, la compagne de Kévin, est décédée dans un accident tragique. Sa voiture autonome a eu un bug. Elle s'était endormie dans sa Renaultech en rentrant chez elle et sa voiture s'est plantée dans un arbre. Un accident rarissime, un risque sur des millions de trajets… Ce genre d'accident n'arrive jamais, sauf pour elle. J'aimais beaucoup Maya.

Le lendemain de son enterrement, Kévin est venu me voir à l'Aventurine :

— Papi Cléo, je suis vieux et veuf. Me serait-il possible de venir habiter avec toi à l'Aventurine ? J'en ai toujours rêvé !

Sébastien est décédé il y a quelques années, je suis tranquille avec Jania et son mari, totale liberté, pas de contrainte et voilà que ce vieux machin veut s'installer dans ma vie ! Le miracle de la famille, jamais elle ne vous laisse tranquille. Est-ce bien pour moi ? Pour lui ? Il a une trentaine d'années d'espérance de vie, comme moi. La vie m'organise une pirouette comme elle sait si bien le faire. On peut le dire, Kévin m'a scotché par sa demande.

— Kévin, mon tout petit, rien ne me ferait plus plaisir mais, es-tu sûr de ta décision ?

— Absolument sûr.

— Pourquoi veux-tu habiter avec un vieillard ?

— Parce que tu es mon papi, la personne la plus formidable que je connaisse et que je ne vais jamais m'ennuyer avec toi. L'Aventurine est un endroit magnifique et je sais que tu prendras soin de moi comme tu as pris soin de papa.

— Tu sais que je vais encore rajeunir ?

— Sur le plan médical, cela m'intéresse. Sur le plan humain, nous allons vivre une expérience singulière. Tu vas me voir vieillir et je vais te voir rajeunir, les deux extrêmes de la vie.

— Et que va penser Paul de cela ?

— Paul est grand, il a 35 ans, plongé dans le service de pédiatrie de l'hôpital de Nantes comme il l'a toujours voulu. Il ne lui manque plus qu'une famille et ce n'est pas moi qui déciderai pour lui. Je ne serai pas un poids de vieillesse pour lui puisque je serai avec toi.

Un grand silence, les émotions passent, mes yeux s'embuent, je pense à ma femme et mes descendants décédés, proches dans mes pensées, les souvenirs multiples remontent dans ma mémoire, qu'en aurait pensé Eudoxie ?

— Si tel est ton choix, j'accepte volontiers de t'accueillir chez moi, chez nous maintenant.

— Merci papi, je saurai me faire discret.

— Je ne te demande surtout pas d'être discret. Tu feras ce que tu voudras ici, puisque dorénavant, tu es chez toi. C'est un peu vieillot, mais tu peux arranger la maison à ton goût si tu le souhaites. Je te demande seulement de garder les deux fauteuils du salon. Ils sont inamovibles. Le mien tu le connais, l'autre a connu ton arrière-grand-mère, ton grand-père, ton père et peut t'accueillir si tu le souhaite.

— Merci papi.

— Jania et Justin sont les jeunes âmes de l'Aventurine. Ils veilleront à ce que tu sois bien installé. Tu participeras aux activités de la maison selon ton courage et tes possibilités. Ne rien faire est épuisant, il faut bouger, s'activer, avoir des projets.

— J'en ai un beau, papi, un très beau.

— A oui ? Quel projet ?

— Relater ta vie, ta mémoire, ton passage sur terre, ce que tu as vécu.

— Quel intérêt ?

— Tu es le témoin vivant d'une époque révolue, lointaine, tu es unique au monde et tu mérites que l'on dise la vérité sur toi.

— Quelle vérité ?

— Tu n'ignores pas que certaines personnes racontent n'importe-quoi sur toi ? Il faut juste dire les choses simple, exactes, sans fioritures.

— Si tu le penses, soupire, Cléophas. Je ne mérite pas l'intérêt que le monde me porte, je n'ai rien fait pour. Je suis juste encore vivant.

Je me remémore mon état à mes 100 ans, dans "l'Ehpad du Dernier Soupir". Cela me semble si loin, si injuste pour tous ceux décédés depuis alors que je vais bien, très bien, trop bien pour mon âge.

— Kévin, tu te rappelles ?

Cléophas récite :

« Papi Cléo est mon arrière-grand-père
C'est le plus vieux de la famille
C'est le père de mon grand-père
C'est le grand-père de mon père
Il aime écouter les histoires
Il aime écouter des chansons
Tout le monde l'aime
Bon anniversaire Papi Cléo. »

— Il y a 70 ans, tu me récitais ce petit poème. Je me le remémore pour moi, tout seul, à chaque anniversaire, un petit moment à part que tu m'as créé du haut de tes 5 ans. Mon cœur fond à chaque fois. Tu me fais autant plaisir aujourd'hui que lorsque tu me l'as récité la première fois.

Cléophas se lève et serre fort dans ses bras son arrière-petit-fils.

180 ans.

Que fait-on lorsque l'on a vingt ans ? J'ai 180 ans dedans et 20 ans dehors. On fait des études ou on travaille, apprentissage d'un nouveau métier ? Je n'en ai pas envie, je n'ai pas d'avenir. On va dans des bars avec des copains ? Je n'ai pas de copain de mon âge. On va en boite pour draguer les filles ? J'ai fait une croix dessus depuis longtemps. Une petite copine par-ci par-là, pourquoi pas ? Je peux, mais je pense à Eudoxie et non, je ne peux pas.

Alors, qu'est-ce qu'on fait quand on a 180 ans ? La routine. Je fais du sport, du cheval, de la voile, de la course à pied, pour le plaisir. Je pourrais participer aux Jeux Olympiques mais je serai seul dans ma catégorie. Catégorie des plus de 150 ans, les Mathu, pas très intéressant de voir un vieux faire du sport.

Les jeux vidéo sont extrêmement bien faits, immersifs, je pourrais jouer des heures, mais cela me semble puéril, inutile, une perte de temps. J'ai encore du temps mais le chronomètre est en route, tic-tac, l'horloge avance. Ayant profité de ma vieillesse au maximum, si l'on peut dire, je veux profiter de ma nouvelle jeunesse. On apprend lorsqu'on est jeune. J'ai lu, des tas de choses, je me plonge dans l'histoire du monde, je fais des conférences sur internet, sur le vingtième siècle devenu par la force des choses ma spécialité. Je vais de temps en temps à Paris, les Présidents se suivent, ils m'écoutent, ou pas. Est-ce qu'ils prennent au sérieux les conseils d'un vieil homme qui a l'aspect d'un homme de 20 ans ? Et qu'en sera-t-il dans 10 ans, dans 15 ans ? Je n'ose pas y penser.

Le sommeil me fait parfois défaut, il ne faudrait pas trop réfléchir mais qu'y puis-je ? Quand je sens qu'il est inutile d'insister, je m'habille et je marche sur les rives de l'Erdre. J'aime ces moments solitaires, surtout les nuits de pleine lune. Je finis par m'asseoir sur le banc, près de l'embarcadère. Je regarde les chauves-souris avec leur vol erratique passer devant la lune, j'écoute hululer la chouette perchée sur le grand chêne. Pitch s'allonge à mes pieds, il ne comprend pas pourquoi je ne dors pas dans la maison. Parfois, la chatte du voisin vient quémander une caresse, puis se love sur mes genoux en ronronnant. Dans ces moments, je me sens bien, calme, en phase avec la nature, à croire que les animaux me font plus de bien que mes congénères.

Il m'arrive parfois d'associer une bouteille de vieux rhum à mon insomnie et d'improviser des grands discours à l'intention de mon chien :

— Tu vois Pitch, là-haut, il y a plein d'étoiles, oui, des étoiles, tout partout dans le ciel, ces petits points lumineux. Il faut que tu saches que chaque étoile a son histoire. Il y a des milliards d'étoiles dans des milliards de galaxies. Le soleil est une toute petite étoile dans notre galaxie à nous, et la terre est toute petite autour du soleil, et moi, je suis tout petit sur la terre, toi aussi. Dans l'immensité du cosmos, on n'est rien, rien du tout.

Pitch me regarde avec ses grands yeux ouverts, sa tête posée sur ma cuisse, l'air de tout comprendre. Sa queue bouge au rythme de mes paroles. Je lui fais lécher un peu de rhum sur le bout de mon doigt, il semble apprécier.

— Tu vois Pitch, la matière est faite d'atomes, avec un noyau très lourd, et des électrons autour qui tournent très très vite sinon ils tomberaient sur le noyau comme tes poils sur le tapis. Le noyau de l'atome, c'est comme le soleil et les électrons, comme les planètes. Si ça se trouve, notre soleil est le noyau d'un atome et nous sommes assis sur un électron. Tu imagines comme nous sommes petits ?

Pitch émet un petit gémissement. Je lui fais lécher un peu de rhum.

— Je vois que tu as tout compris mon Pitch, nous sommes en face de l'infiniment grand et de l'infiniment petit. Si ça se trouve, nous sommes sur un électron, dans un atome qui fait partie d'une boisson, comme le rhum que nous sommes en train de boire. Tu vois, Pitch, l'univers est peut-être une bouteille de rhum en train d'être bue par Dieu, et nous sommes dedans sans le savoir ! Eh oui !

Petit jappement de Pitch qui réveille la chatte. Elle ronronne un peu avant de reprendre sa position sommeil.

— Goutte encore un peu de rhum, petit Pitch, les quelques milliards de galaxies qui vont dans ta gueule n'en sauront jamais rien.

Allongé sur le banc avec les animaux en guise de couverture, je m'offre des nuits de rêve éveillé.

Jania et Justin sont toujours aux petits soins pour nous. Kévin se porte fort bien pour ses 85 ans, tonique, plein d'idées, toujours prêt à m'interroger pour son livre sur papi Cléo. Il m'amuse mais ses questions incessantes me fatiguent parfois.

— Arrête de poser des questions. Cela ne sert à rien. Qui voudra lire un livre sur ma personne ?

— Peut-être personne mais peut-être des curieux. Me répond-il inlassablement. Raconte-moi l'avion Concorde, tu as voyagé dedans ?

— Je ne l'ai jamais vu, c'était un avion supersonique, il volait trop vite pour qu'on puisse le voir.

— Bobard, tu racontes encore un bobard. Et le premier voyage sur la lune, tu as vu Neil Armstrong poser le pied sur la lune ?

— J'étais de garde ce soir-là et je l'ai regretté longtemps. Par-contre, je n'ai pas raté le premier homme qui a posé les pieds sur mars.

— Je l'ai vu moi aussi. Un cinglé. Quelle idée d'aller si loin alors que la terre est si belle ! En plus, exploser en arrivant dans l'atmosphère terrestre après avoir fait tout ce périple, quelle malchance mais quelle belle fin. Et de Gaulle, tu l'as rencontré ?

Et ses questions continuaient, sans fin. Je plaisante, tout a une fin. En fait, j'apprécie beaucoup mon arrière-petit-fils. Il garde une vivacité d'esprit et une curiosité

qui l'aident à surmonter sa vieillesse. Nous jouons régulièrement aux échecs et il n'est pas rare qu'il me batte.

190 ans.

Debout sur une chaise, je regarde mon reflet dans le miroir. Un gamin de 10 ans m'observe. Il est mignon, c'est moi, il est moi. Je passe ma main sur ma peau, lisse, aucun défaut. J'ai toujours du mal à accepter ou plutôt à comprendre mon image. Je souris, il a un beau sourire ce garçon, je ne me souviens pas avoir eu ce sourire il y a 180 ans. Mes années de jeunesse se sont effacées de ma mémoire, quel plaisir de me redécouvrir.

La transformation de mon corps est lente mais régulière. Le passage en adolescence fut très bizarre. J'ai assisté à la régression progressive de ma pilosité, de ma virilité, de ma taille. Ma mue inversée me permet de monter dans les aigus de manière remarquable. Jania est déçue, elle se faisait une telle joie à l'idée de percer mes pustules mais je n'ai pas eu d'acné. Franchement, je ne vois pas quel plaisir on peut trouver à tripoter ces machins.

Elle m'emmène faire les magasins pour m'habiller. Je suis très compliqué car je ne veux pas m'habiller comme un gamin et il me faut des vêtements les plus ajustés possibles. Normalement, quand les enfants sont en pleine croissance, on achète des vêtements d'une taille au-dessus pour qu'ils durent le plus longtemps possible. A l'inverse, ils vont grandir sur moi avec ma décroissance, ils doivent donc être ajustés au plus près. Allez faire comprendre cela à un vendeur… Je souhaite aussi garder une panoplie de costumes/cravates, lors de mes sorties dans le monde, cela fait plus sérieux. Il me faut alors passer par un tailleur pour du sur-mesure.

Mon apparence joue beaucoup sur ma crédibilité. Un homme mesurant 1,90 m et racontant n'importe quoi, ce que l'on appelle communément une grande gueule, aura plus de poids qu'un enfant de 10 ans ayant des propos censés avec une voix qui ne porte pas. Je m'en suis rendu compte avec mon rajeunissement. De ce fait, je me retire progressivement de la vie publique. Il faut avoir la conscience, la simplicité de partir en douceur, sans regret, sans amertume. J'ai fait largement plus que mon temps dans ce monde et quand je me regarde dans la glace en train de faire des grimaces, même moi je ne me prends pas au sérieux.

Dans un sens, cela me soulage. J'accepte quelques interviews de journalistes triés sur le volet mais je n'envisage plus de sortie officielle. Si des personnes souhaitent me rencontrer, ce sera chez moi, sur mon terrain. Un menuisier m'a fabriqué sur mesure un fauteuil et des chaises pour m'élever à la hauteur de mes interlocuteurs. J'ai une certaine fierté quand même !

Paul, malgré son travail très prenant dans le service de pédiatrie, a quand même trouvé le temps de s'unir avec Isabelle. Elle est ravissante et a dix ans de moins que lui, tant mieux, il vivra avec elle plus longtemps. Ils ont eu une fille, Séraphine, enfant unique, comme d'habitude malheureusement dans la famille, mais quel changement. Une fille !

Séraphine est la fille de Paul et Isabelle, Paul, fils de Kévin et Maya, Kévin, fils de Sébastien et Roselyne, Sébastien, fils d'Ambroise et Marie-Michelle. Elle est donc mon arrière-arrière-arrière-petit-fille. Paul a 55 ans, son père Kévin, 95 ans et Séraphine a 10 ans. Cela commence à tirer dur sur ma cervelle pour suivre ces générations, surtout quand nous nous retrouvons à l'Aventurine.

Kévin a bon-pied bon-œil du haut de ses 95 ans. Il se promène toujours avec son carnet pour noter mes faits et mes dires. Il m'amuse et, heureusement, me pose moins de questions. Il ne sort plus beaucoup de la propriété. J'aime me promener avec lui dans le jardin, main dans la main. Je lui donne la main pour qu'il ne tombe pas mais vu mon poids plume, je pense que nous avons tous les deux le simple plaisir de nous donner la main. Nous admirons les nombreux massifs de roses. En plus des roses Eudoxie, j'ai créé les roses Mimi, les roses Roselyne, les roses Joséphine, les roses Josette, les roses Maya, les roses Jania, les roses Isabelle, les roses Séraphine, bref, j'ai eu le temps de faire plein de créations. Les roses Mimi sont de teinte fuchsia avec des épines très agressives. Elles sont magnifiques, très tape-à-l'œil, Mimi les aurait adorées, je lui devais bien cela.

Séraphine est adorable, vive, malicieuse, intelligente, tout le portrait de son ancêtre si je puis dire. Nous nous entendons très bien pour jouer à des activités infantiles. Je lui ai appris à jouer aux billes, aux osselets, à la crapette, des jeux passés de mode dans ce monde connecté. J'ai acheté deux poneys, le cheval est devenu trop grand pour moi. Nous nous amusons à faire tourner en bourrique Jania, déprogrammer les robots, remplacer le sel par du sucre, coller les verres dans les placards, des blagues d'enfants, vraiment plus de mon âge. Je suis heureux d'avoir gardé une partie de mon âme d'enfant et la nostalgie de cette période.

L'autre jour, en jouant aux billes, nous avons découvert un énorme crapaud prenant le frais derrière une grosse pierre dans la cour. Cela a fait tilt dans ma tête. Ma proposition a aussitôt été adoptée par Séraphine. Nous l'avons attrapé et caché dans le placard à épices de Jania.

J'ai suggéré ensuite à Jania, très innocemment bien sûr, de nous cuisiner des biscuits à la cannelle, une de ses spécialités. Il ne nous a pas fallu attendre longtemps pour entendre ses hurlements. J'ai adoré, Séraphine était hilare. Je me suis senti en phase avec mes 100 ans. J'avais avoué au Père Julien un péché que je n'avais pas commis. J'ai réparé avec brio ce mensonge, 90 ans plus tard.

L'avantage d'être un jeune/vieux, c'est que Jania n'ose pas me punir… Cela me fait du bien de rire.

Séraphine m'appelle Cléo et non pas papi Cléo. Elle n'a pas vraiment compris que je suis un vieillard mais qui pourrait la blâmer. Je profite d'elle comme elle profite de moi, sous les regards bienveillants de son père et de son grand-père.

Parfois, avec Séraphine, je m'offre une petite sortie dans un magasin de confiseries en libre-service, incognito. J'adore la faire rire. Nous partons à Nantes avec mes deux gardes du corps. Je prends soin de me déguiser un peu, casquette avec une perruque, fausses lunettes, habillé avec les vêtements amples et difformes. Mes deux gardes attendent dehors pendant nos achats. Nous remplissons un sac de bonbons, puis deux, puis trois et nous continuons en courant et rigolant dans le magasin sous le regard perplexe de la vendeuse. Elle finit par nous demander :

— Les enfants, vous êtes sûr de vouloir prendre tout ça ?

Je lui réponds :

— Bien sûr, on vient acheter des bonbons, c'est pour ça qu'on les met dans des sacs !

— Ce sont tes parents qui vont payer ces bonbons ?

— Mes parents sont morts.

— Oh, je suis désolé pour toi. Qui va payer alors ? Toi ou ta sœur ?

— Ce n'est pas ma sœur.

— Vous n'êtes pas de la même famille ?

— Si, Séraphine est mon arrière-arrière-arrière-petite-fille.

Séraphine est pliée en deux. La vendeuse ne comprend plus rien. Je reprends :

— Je vais payer.

— Tu as de quoi payer ?

— Vous faites le compte et je pose mon doigt sur le lecteur.

La vendeuse est décontenancée, elle s'exécute, ne voulant pas rater sa plus grosse vente de l'année, 50 sacs de bonbons ! Après avoir payé, mon nom s'affiche et la vendeuse devient tout blanche :

— Monsieur Mathu, pardon, Monsieur Gentil, quel honneur de vous connaître, vous êtes, vous êtes, euh, extraordinaire !

Séraphine est ravie de voir le changement d'attitude de la vendeuse. Je lui demande :

— Mon petit, pourriez-vous avoir l'amabilité de demander à mes gardes du corps de prendre les sachets de bonbons ?

Elle va les chercher dehors puis reste bouche-bée devant moi, comme si la Sainte Vierge lui était apparue. Nous sortons tous les 4 et distribuons les bonbons aux enfants dans la rue. Séraphine en garde un gros pour elle, quand même.

Séraphine est heureuse d'être avec moi dans ces petits moments de plaisirs partagés comme je le suis aussi. J'aime produire ces petites perles de joie, une petite pépite supplémentaire dans mon tiroir.

Déprime ?

Régulièrement, j'ai des coups de déprime. Qui n'en aurait pas à ma place ? Je suis le dernier survivant du vingtième siècle. Un journaliste m'a qualifié de "trésor national". Suis-je un trésor vivant ? Cela me rappelle Golum dans le seigneur des anneaux, le chef d'œuvre de Tolkien, tout le temps à répéter "Mon précieux !", le monde entier voulait s'approprier son trésor, un anneau. Cela me fait rire jaune. Pourquoi ne serais-je pas un trésor mondial tant qu'on y est ? Je suis un petit garçon de 190 ans avec une vie, une morale, une pensée et malheureusement des coups de blues. Dans ces moments-là, je m'enferme dans la salle de projection pour regarder un vieux film ou écouter en boucle le deuxième mouvement de la 7ème symphonie de Beethoven. Cette pièce musicale m'apaise toujours autant. En général, quelques heures me suffisent pour sortir de mon marasme.

Encore et toujours, je me demande si ce qui se passe est réel, si ma vie est ma réalité, quelle est la part de vérité ou de rêve dans mon rajeunissement. Peut-être suis-je simplement mort lorsque j'ai eu 100 ans et que je vis actuellement la suite de ma mort, une sorte de purgatoire. Est-ce un cauchemar ? Peut-être qu'un être suprême, un Dieu me met à l'épreuve et me demande de vivre ma vie à l'envers ! Pourquoi ? Tout semble très réel autour de moi mais qu'est-ce que la réalité ? Ce qu'on touche, qu'on voit, qu'on goûte, qu'on entend, qu'on sent ! Si l'on retire ces cinq sens, que reste-t-il de la réalité ? Ma réalité est-elle une chimère ? Toujours ces questions sans réponse. Dans 10 ans, j'aurai peut-être une réponse. J'ai patienté 190 ans, je peux patienter 10 ans de plus, je dois patienter 10 ans de plus.

J'ai testé le caisson sensoriel mais je devrais dire non sensoriel, une boite en forme d'œuf géant censée reproduire le ventre maternel. Allongé sur une matière souple et tiède qui épouse les formes du corps, dans le noir complet, sans bruit, l'esprit est censé se reposer, n'étant plus l'objet d'aucune sollicitation extérieure. La notion du temps disparaît au bout d'un moment. Les pensées vagabondent dans tous les sens, un peu trop. Je n'aime pas trop m'extraire de la réalité, je préfère garder un contact permanent avec elle. J'ai peur de passer trop de temps dans ce "piège sensoriel", un peu trop addictif à mon goût. Je veux continuer à regarder le monde en face, avec ses bons et ses mauvais côtés.

Le monde actuel m'intéresse encore un peu mais beaucoup moins dans la mesure où je le quitterai bientôt. Comme dans mes années en Ehpad, je fais moins d'efforts pour suivre son évolution. Après le réchauffement climatique, l'humanité est en proie au refroidissement climatique. De loin, cela m'amuse. Toutes les mesures draconiennes ont permis de stopper le réchauffement climatique et de l'inverser. La terre commence à se refroidir. L'Antarctique ne fond plus et se reforme lentement de même que l'arctique. La stabilisation de la température de la terre est extrêmement compliquée à gérer. Imaginons un train de 50 000 tonnes lancé à 500 km/h sur les rails, sans freins. Pour l'arrêter, on aura beau couper le moteur, il mettra très longtemps avant de s'immobiliser. S'il repart en marche arrière, ce sera le même problème. Si on souhaite arrêter ce train pile devant une gare, sans frein, c'est pratiquement impossible. Il en va de même avec la température de la terre, son inertie est ingérable.

L'humanité semble devenir moins bête avec le temps. Nous ne sommes plus que 4 milliards sur terre. Moins de jeunes, plus de vieux. Les vieux vivent plus vieux et travaillent plus longtemps pour ne pas être une trop grande charge pour les jeunes. Un équilibre générationnel semble se faire. La sécurité est meilleure, aux dépends des libertés individuelles. J'ai bénéficié d'une très grande liberté tout au long de ma vie, mes successeurs n'auront pas cette chance mais qu'est-ce que la liberté ? Chaque acte personnel a un retentissement sur la vie des autres, il faut en prendre conscience et agir en conséquence le plus raisonnablement possible. Je me rappelle le plaisir de déguster une côte de bœuf cuite sur un barbecue, un délice pour les papilles. Cela n'existe plus. Une côte de bœuf, c'est un bœuf qu'il faut élever, nourrir, avec une conséquence pour la planète, cultiver des céréales, rejet du CO_2, pollution etc… Brûler du bois pour un barbecue, production de chaleur, rejet de particules dans l'atmosphère etc… Tout cela est mal, très mal. La viande synthétique cuit doucement dans un four étanche électrifié grâce aux panneaux solaires et aux éoliennes. On ne peut pas dire que ce soit mauvais, mais cela manque d'authenticité. L'homme s'adapte à tout, la preuve.

J'ai 5 ans ?

Que le monde des adultes est grand ! Je pèse 18 kg, mesure 1.05 m et ai 195 ans. Tout devient compliqué, tout est lourd, mes muscles ne suivent pas. J'essaye d'écrire, à l'ancienne, avec un crayon mais c'est plus facile avec un clavier, bien qu'il soit beaucoup trop grand pour mes mains. La souris aussi est trop grande, j'en ai demandé une plus petite, une souris miniature. Mes dents sont tombées remplacées par des dents de lait, mieux adaptées à ma petite mâchoire, ma quatrième série dentaire, la dernière.

Aujourd'hui, nous fêtons l'anniversaire de Kévin, déjà 100 ans, quel vieux Monsieur ! Il va plutôt bien pour un vieillard. Quand je pense à mon état général lorsque j'avais son âge, je prends pleinement conscience des immenses progrès de la médecine. Il a déjà fait sept cancers, tous guéris. Il porte des prothèses au niveau des hanches, des genoux et de l'épaule droite. On lui a fabriqué et transplanté un cœur neuf et un rein neuf il y a quelques années. Son cerveau marche bien, pas l'ombre d'une démence. Bref, centenaire à l'extérieur, tout rafistolé de l'intérieur.

La vie me fait encore une pirouette impressionnante. Pour mes 100 ans, Kévin avait 5 ans. Pour les 100 ans de Kévin, j'ai l'apparence d'un enfant de 5 ans. Qui aurait pu imaginer cela ? Il a convié à l'Aventurine toute la famille, quelques amis, il en a encore quelques-uns malgré son âge, le maire, son médecin, quelques voisins,

Jania avec sa famille, et une journaliste, pour immortaliser l'évènement.

Jania a pâtissé un gâteau à la noix de coco selon la recette de Joséphine. Elle a accepté de le faire bien volontiers à ma demande. J'ai choisi le meilleur traiteur de la ville, du très bon champagne d'Ecosse, et un groupe de musique célèbre de la région, très honoré de venir chez moi. Je n'aime pas faire jouer ma notoriété pour mes fins personnelles mais c'est quand même l'anniversaire de Kévin ! J'ai désigné Paul et Isabelle pour organiser la journée. Comment peut-on se faire obéir par des grands quand on mesure un mètre avec une frimousse d'ange ? J'observe, je regarde et je prends plaisir dans l'instant présent. Il faut apprécier ce moments joyeux avant, pendant et après, la joie du partage, de la convivialité, des rencontres, ces moments uniques qui ne se retrouveront plus. Encore et toujours ma nostalgie du temps qui passe. J'aimerais inscrire ces moments sur un support indélébile pour les revivre à volonté lors des périodes de tristesse, mais le temps avance sans retour en arrière.

Séraphine est une ravissante adolescente de 15 ans. Mon arrière-arrière-arrière-petite-fille me regarde parfois bizarrement, comme intriguée par ma différence, mais aussi comme une grande sœur espiègle. J'adore quand elle arrive derrière-moi pour m'attraper et me poser sur ses épaules. Par-dessus sa tête, je domine le monde, au moins jusqu'à ce qu'elle se fatigue. Elle est la seule à oser me prendre comme cela, les autres ont trop de respect pour moi. Suis-je vraiment toujours respectable alors que ma petite personne est devenue tellement dépendante ?

Le temps des billes est révolu, j'ai enseigné les échecs à Séraphine. Cela me permet de passer d'agréables moments avec elle, d'égal à égale, même si je joue mieux qu'elle, normal, l'expérience de l'âge. Elle progresse vite, j'ai de plus en plus de mal à la battre.

Les invités sont arrivés, le champagne fait rire les conversations. Sur la scène, le groupe vendéen "les Ventrachoux" met de l'ambiance. Le gâteau arrive avec les discours. Le mien est prêt bien-sûr, je ne vais pas rater cette occasion de manifester mon affection pour mon arrière-petit-fils.

Autour du gâteau, tout le monde est assis et écoute. Séraphine m'a accepté sur ses genoux. Le maire débite un laïus très convenu, insipide, applaudi mollement. Il remet une médaille au centenaire. Je murmure à l'oreille de Séraphine :

— C'est la médaille du vieux qui a tenu le coup jusqu'à 100 ans. Je l'ai eu moi aussi. Tu verras quand ce sera ton tour, ça ne sert à rien, juste pour le bla-bla.

Quelques mots de diverses personnes, sans intérêt, puis Kévin prend la parole :

— Cher famille, chers amis, chers voisins, vous tous présents, merci d'être venus ici pour ce non-évènement.

Je murmure à Séraphine :

— C'est exactement ce que j'aurais dit, il parle bien ton grand-père.

Kévin reprend :

— Les discours les plus courts sont les meilleurs. Le mien ne sera donc pas le meilleur et j'en suis désolé. Il fait beau, il fait chaud, vous êtes bien assis, les serveurs vont vous remplir vos verres et nous allons prendre le temps, le temps de fêter mes 100 ans, un anniversaire prestigieux mais tellement banal à notre époque. Le temps passe hélas vite, trop vite, même pour Cléophas.

Rires dans l'assemblée. Il reprend :

— Lorsque je suis né, je n'imaginais pas pouvoir atteindre cet âge qualifié de vénérable. Mes premiers souvenirs remontent vers mes cinq ans. Peut-être parce qu'on me l'a rappelé, peut-être parce qu'on m'a montré les photos de cette époque, c'était pour les 100 ans de mon arrière-grand-père ici présent.

Il me désigne de la main avec un grand sourire. Je murmure à Séraphine :

— Il ferait mieux de parler de lui, je me demande encore ce que je fais ici.

Kévin reprend :

— Lorsque j'ai décidé d'embrasser une carrière médicale…

Le discours est long, laborieux, lent, je m'assoupis un peu. Je suis réveillé brutalement par les applaudissements. Ma petite sieste est réparatrice, j'ai un peu abusé du champagne, à mon âge…

Je demande de ma petite voix aigüe :

— Kévin, puis-je dire un petit mot ?

— Avec plaisir papi Cléo, répond-t-il.

Je ris intérieurement, c'est mon petit moment de bonheur, celui que j'attends depuis plusieurs jours. Je prends mon temps, monte sur une chaise et clame :

— Les discours les plus courts sont les meilleurs. Le mien sera le meilleur.

L'auditoire rit, soulagé. Je poursuis :

— Il y a 95 ans, mon petit Kévin a eu la gentillesse de me réciter un poème, certainement écrit par ses parents. Aujourd'hui, j'en ai fait un sur son modèle, écrit par moi-même. Le voici :

"Papi Kévin est mon arrière-petit-fils
C'est le deuxième plus vieux de la famille
C'est le fils de Sébastien
C'est le petit-fils d'Ambroise
Il aime écouter les histoires
Il aime écouter des chansons
Il aime beaucoup écouter Papi Cléo
Tout le monde l'aime
Bon anniversaire Papi Kévin."

Je termine en applaudissant de mes petites mains puis je descends de la chaise et cours vers Kévin pour l'embrasser. Il a les larmes aux yeux et semble aussi ému que moi, mon meilleur moment de la journée. Encore un à garder dans mon cœur, une petite pépite en plus à rajouter dans mon tiroir. Je sens qu'il y en aura de moins en moins.

Les bougies sont allumées sur le gâteau à la noix de coco, immense, magnifique, le même que pour mes cent ans. Nous nous retrouvons, Kévin, Paul, Séraphine et moi à souffler les bougies sous les applaudissements des convives. J'ai adoré.

La nuit est tombée. Que cette journée est passée vite. Une fulgurance, un éclair. Il est toujours étonnant de constater de quelle façon ces moments fugaces restent inscrits en majuscules dans nos mémoires. Néanmoins, la mémoire de chacun est différente et unique. Je suis le seul sur terre à me souvenir d'Eudoxie vivante et à la faire vivre en parlant d'elle, un peu, si peu. Moi mort, elle ne sera plus qu'une pierre tombale, quelques lignes dans l'état civil, quelques photos, un oubli progressif que des généalogistes feront revivre le temps d'une recherche éphémère. Moi-même, quel souvenir ai-je de mes lointains ancêtres ? Ai-je fait l'effort de leur mémoire ? Je me souviens d'eux par mes parents. Mes grands-parents sont morts jeunes, je ne les ai pas connus. Ils ne sont rien pour moi sinon des géniteurs qui ne sont pas inscrits sur la mémoire propre de ma vie. M'est-il possible de les aimer alors que je ne les ai pas connus ? Moi parti, qui retournera sur la tombe d'Eudoxie pour lui parler, lui raconter la vie qui se poursuit, sans elle, sans nous ? Quand je serai mort, le monde tournera comme avant, jusqu'à la fin du monde. Vite, je vais écouter la

7ème symphonie de Beethoven avant que la déprime ne me gagne

Pour ses 100 ans, j'ai offert à Kévin un superbe pyjama en soie.

199 ans.

Dans un an, je ferai le grand saut. J'ai rétréci, diminué, je suis devenu tout petit et pèse à peine 10 kg pour 70 cm, un lilliputien. Tout devient compliqué dans ma vie. Je garde encore une certaine autonomie, mais pour combien de temps ?

A la naissance, le cerveau du bébé est vierge. Les informations tombent sur lui comme la pluie et il les accueille dans la multitude de ses connexions neuronales. Il apprend ainsi qu'une table est une table, une chaise une chaise. Si on lui enseigne que Dieu existe, il existe. L'esprit de l'enfant est malléable à souhait et il accepte sans critique tout ce qu'on lui propose ou impose.

De ce fait, il est nécessaire qu'un enfant puisse accéder à l'éducation pour développer son esprit critique. Plus âgé, il acceptera, ou pas, les affirmations imposées depuis sa petite enfance. Il changera, adhèrera à notre société en pleine conscience, ou la rejettera parfois.

Moi, c'est l'inverse, je n'ai plus besoin d'apprentissage. Il faut seulement que je maintienne mon corps en symbiose avec mon esprit pour vivre autonome le plus longtemps possible. Ce sera le but ultime de ma dernière année, ayant trop souffert de cette perte d'autonomie dans l'"Ehpad du Dernier Soupir".

Mon apparence de bébé me rend la vie compliquée. Je marche très bien malgré mes jambes potelées mais que le monde est grand ! Tout est démesuré, hors de ma portée. Je n'ose imaginer les problèmes des nains, obligés toute leur vie de subir le dictat des grands !

Ma chambre est transformée, un lit bas sur mesure, des fauteuils de bébé, de même pour ma salle de bain et mes toilettes, tout à ma hauteur. Un petit escalier me permet de monter sur ma chaise au niveau de la table de la salle à manger. Je trouve indécent que l'on me porte pour m'installer dans mon siège. Je ne veux pas entendre : « viens mon petit Cléo que je t'installe pour le repas ! ». Je souhaite garder une certaine dignité.

Je n'ai plus beaucoup de dents, seulement mes incisives, petites, coupantes mais si peu efficaces. Il faut me résoudre à revenir au mixé, aux compotes, aux bouillies, je sens que le biberon n'est plus très loin. Cela me chagrine, un biberon, à mon âge…

Cela me rappelle la chanson de Christophe, un chanteur oublié qui chantait il y a plus d'un siècle la "chanson du vieux bébé". Elle parlait d'un vieux bébé philosophe très triste de boire encore des biberons. Je me sens en phase avec ces paroles. Je demanderai à Jania de mettre un peu de rhum dans mes biberons pour améliorer le goût.

Kévin, Jania et Justin sont extraordinaires. Ils me considèrent toujours et heureusement comme un adulte. Il faut juste que je fasse attention de ne pas me mettre dans leurs jambes pour ne pas être renversé, même si je tombe de moins haut. J'ai plus de difficultés avec Pitch. Il est deux fois plus lourd que moi et très affectueux, trop affectueux. Je ne compte pas le nombre de fois où il me fait tomber dans la journée. J'ai un mouchoir dans ma poche dédié à essuyer ses léchouilles sur mon visage. Même si son odeur est un peu forte, j'aime bien faire une sieste à côté de lui dans son panier. Inconsciemment, cela me rassure, un peu comme un doudou.

Kévin écrit toujours sur moi, je suis un sujet passionnant, unique. Il ne publiera pas de son vivant mais Paul pourra le faire quand il en aura le temps, à sa retraite.

J'ai de longues conversations avec Paul. Il est devenu le chef du service de pédiatrie de l'Hôpital de Nantes et très proche des chercheurs en génétique. Il a créé une unité de recherche sur le rajeunissement, en fait sur moi, anticipant ma fin de vie. Il m'explique :

— Papi Cléo, pour parler franchement, comme tu es un cas unique, nous ne savons absolument pas ce qu'il va advenir de toi.

— Au moins c'est franc. Tu as quand même émis des hypothèses ?

— Pour le moment, je retiens trois possibilités. La première, toute simple, tu meurs brutalement, ton corps ne supportant plus ton rajeunissement. Rideau, tout est dit, on t'enterre avec tout le tralala et on en parle plus.

— Ce serait une belle mort, un bel épilogue après cette longue vie. Je serai enfin près d'Eudoxie pour l'éternité.

— Deuxième possibilité, ton cordon ombilical se reforme, ce qui permet de te brancher à une machine pour te fournir l'oxygène et les nutriments. Une fois branché, on te met dans une poche avec un fluide équi-valent au liquide amniotique et tu flottes, nourri et logé pour les mois suivants jusqu'à...

— Oui, jusqu'à... ma disparition.

— Troisième hypothèse, ton cordon ombilical n'apparaît pas. Dans ce cas, on te garde en couveuse avec une perfusion et une sonde gastrique. Tu mourras lorsque tes poumons ne pourront plus maintenir l'oxy-génation de ton corps.

— Etouffé, en hypoxie.

— Tu ne t'en rendras pas compte.

— J'espère.

Les deux hommes font une pause dans leur con-versation, plongés dans leurs pensées. Cléophas de-mande :

— Mon petit Paul, je souhaiterais une faveur et cela pourra peut-être aider la recherche.

— Explique-moi.

— Personne n'a résolu la question de la vie après la mort. La vie et la mort sont intimement liés car l'une ne va pas sans l'autre. Je voudrais apporter mon témoignage sur la vie avant la naissance. Quel degré de conscience avons-nous avant de naître ? Dans le cas de l'hypothèse du cordon ombilical, je me trouverai dans le même état que dans le ventre maternel avant ma naissance.

— Effectivement.

— Dans ce cas, je pourrai communiquer, à ma fa-çon, tant que je le pourrai. Il suffira que tu m'adresses un signe, un bruit, une parole, une musique et, si je suis en phase d'éveil, je te répondrai.

— C'est une idée intéressante, à approfondir. Comment penses-tu pouvoir communiquer ?

— J'ai réfléchi à cela. Avec ma main, je ferai un "O" en joignant le pouce et l'index, comme les plongeurs pour signaler que tout va bien. Sinon, tu pourras me mettre de la musique et je battrai la mesure avec ma tête, mes bras ou mes jambes.

— Et quelle musique ?

— Le deuxième mouvement de la 7ème symphonie de Beethoven bien sûr !

— J'aurais dû m'en douter. Et pourquoi pas !

6 mois plus tard.

Séraphine est venue nous voir cet après-midi. Qu'elle est belle du haut de ses 19 ans ! Elle a beaucoup d'attentions pour son vieux papi-bébé. Séraphine commence des études de médecine, comme son père et son grand-père. Quelle orientation prendra-t-elle ? Je ne serai plus là pour le voir.

Lorsque je pense à ma retraite, je trouve que j'en ai bien profité. Elle m'a été versée depuis 135 ans, un record pour 35 ans d'activité ! La caisse de retraite des médecins va pouvoir pousser un ouf de soulagement, "enfin mort !" Vivre vieux coûte très cher à la société. Elle devrait instaurer une date limite de départ, pas plus de cent ans par personne ! Ce serait déjà pas mal. Je plaisante, personne ne doit s'octroyer le droit d'abréger la fin d'une vie. La vie est unique, inexplicable et trop précieuse pour l'écourter.

Mes jambes ne me portent plus. J'arrive à me tenir assis et je me déplace à quatre pattes, difficilement. Mon allocution est devenue compliquée, comme si j'avais de la bouillie en permanence dans la bouche. J'ai l'impression que mes muscles me répondent en dépit du bon sens. Je suis devenu maladroit à tel point que Jania m'a supprimé la fourchette, devenue un danger pour moi. Je me nourris avec une petite cuillère. L'idéal est quand même le biberon, allongé ou semi-assis, je peux me débrouiller seul.

Malheureusement, je ne peux plus marcher pour aller satisfaire mes besoins naturels. La première fois que Jania m'a mis une couche, j'ai trouvé cela dégradant. J'ai un peu honte de moi car j'ai rouspété et fait la gueule. Et puis on s'habitue à tout, c'est pour mon bien et le sien. On me suivait à la trace et le robot nettoyeur n'arrivait plus à fournir. Elles sont formidables ces couches connectées ! A la moindre humidité, Jania est alertée et vient me changer. Les bébés connectés sont des bébés heureux, ils ne restent plus souillés pendant des heures. Un immense progrès pour les petites fesses.

Mes occupations sont simples, je dors, je regarde un film, je dors, j'écoute de la musique, je dors, je mange, je dors, Jania me promène dans le jardin, je dors. J'ai besoin de plus en plus de sommeil pour une activité très modérée. Je deviens chat. J'ai longtemps admiré la capacité de cet animal à dormir 20 heures sur 24.

L'Aventurine s'est refermée sur moi comme une huître referme ses valves sur sa perle, je n'ai plus aucune activité extérieure. Je m'y sens bien, en sécurité, dans un cocon. Je n'accepte plus que les visites familiales mais en réalité, on ne me demande plus mon avis. Je trouve ma régression dégradante quand je pense à mon aspect ne serait-ce que vingt ans auparavant. M'étant promis d'aller jusqu'au bout, il ne m'est plus possible de reculer. Lorsque j'ai des petits moments de déprime, je me traine jusqu'au panier de Pitch qui m'accueille avec un grand coup de langue. Je mâchouille un morceau de pain en ruminant mes pensées, il finit rapidement dans la gueule du chien.

Cléophas étant dans l'incapacité physique de s'exprimer, Paul prend la suite du récit.

200 ans.

Papi Cléo a l'apparence d'un nouveau-né, tout petit, un peu fripé. Une petite excroissance s'est formée au niveau de son nombril signifiant l'apparition d'un cordon ombilical. J'en suis heureux, nous allons pouvoir le brancher prochainement sur une circulation extra-corporelle qui imitera le placenta.

Discrètement, nous sommes partis au centre de recherche, Papi Cléo et moi. Jania n'a pas pu retenir ses larmes :

— Adieu Monsieur Gentil, je vais vous regretter.

Cléophas la regarde en face et lui fait un sourire en babillant un peu. Il lui dit au revoir à sa manière. Jania lui caresse la tête et l'embrasse doucement, des gestes qu'elle n'avait jamais osé faire auparavant.

Justin reste immobile, les yeux dans le vague, embués. Il n'a jamais été très doué pour exprimer ses sentiments envers « Monsieur Gentil ». Il l'apprécie à sa manière et l'Aventurine s'en trouve bien.

Appuyé sur sa canne, Kévin regarde Papi Cléo, ne sachant pas trop quoi faire. Il finit par s'approcher du couffin et murmure :

— Merci Papi Cléo, merci de m'avoir accueilli, merci pour toutes ces années passées avec toi. Je ne te remercierai jamais assez pour m'avoir permis de vivre une vieillesse heureuse à tes côtés.

Il lui tend la main. Cléophas attrape son petit doigt et le serre très fort avec un grand sourire.

Le lendemain de son départ, Jania découvrit Kévin allongé sur le sol, devant le rosier Eudoxie, mort. Le grand âge conclura son médecin. Toutes les roses du jardin fanèrent en l'espace de quelques jours, une façon pour l'Aventurine de faire le deuil de deux fidèles compagnons.

La "nurserie" est installée dans le centre de recherche. Des infirmières, des chercheurs, des techniciens et des pédiatres se relaient autour de Cléophas. Nous avons débuté la circulation extra-corporelle dès que la taille du cordon ombilical le permit. Cléophas ne mangeait plus et faisait des pauses respiratoires.

Après avoir retiré la nanopuce de son index, j'ai pris la décision de le plonger dans la reconstitution de liquide amniotique, à 37° dans un bac transparent pour mieux le surveiller.

Je fais un test aujourd'hui. L'éclairage est faible. Un capteur permet de déterminer si Cléophas est en mode éveil ou sommeil. Dès qu'il est éveillé, je lui fais écouter le deuxième mouvement de la symphonie N°7 de Beethoven et j'attends. Des petits hauts parleurs étanches sont plongés dans sa cuve. Il sourit, bouge la tête en rythme et fait un O avec l'index et le pouce de sa main droite. Je suis soulagé, Papi Cléo va bien, pour le moment.

Les semaines passent vite. La surveillance incessante de Papi Cléo requiert toute notre énergie. Son rajeunissement progressif oblige d'adapter au jour le jour son alimentation et sa respiration extra-corporelle. Une fois par semaine, je lui fais écouter son œuvre préférée. Il ne peut plus faire de signe avec sa main mais bat encore la mesure avec sa tête ou un bras. Il vit et apprécie la musique. Jusqu'à quand pourra-t-il communiquer avec nous ? Il présente l'aspect d'un fœtus de 4 mois, 11 cm, complètement formé mais tout petit. Les techniciens font des merveilles pour le maintenir en vie. Je croise les doigts, espérant que le processus puisse aller jusqu'à son terme. Quel terme ? Papi Cléo est un vrai mystère pour la science.

Le temps passe. La taille de Papi Cléo correspond à un fœtus de 8 semaines, 3 cm, la taille d'une cerise. Son cœur bat encore. A ce stade, il est difficile de dire s'il est garçon ou fille. Les prochaines semaines vont être plus compliquées pour ses échanges avec l'extérieur, il passe au stade de l'embryon.

Il est impossible de savoir s'il est éveillé ou non. Je mets de temps en temps sa symphonie et j'ai parfois la bonne surprise de le voir battre la mesure, discrètement, mais distinctement. Il a toujours conscience de son environnement avec une taille équivalente à deux mois de vie. Extraordinaire.

Fin de vie ?

Les chercheurs et les techniciens font des miracles. Papi Cléo est toujours vivant, de plus en plus petit. Il pèse moins d'1 gramme, mesure 2 mm mais ne réagit plus lorsque je lui mets sa musique. Quelle conscience a-t-il de son environnement ? A-t-il seulement une conscience ? Je me pose la question du rapport de l'âme et du corps. L'âme, cet élément éthéré serait la conscience de l'homme et habiterait en chacun de nous. Son âme s'est-elle séparée de son corps ? Est-il mort ? Cet embryon vivant est-il encore Cléophas ou une enveloppe organique vide de toute conscience ?

Je me pose ces questions jour après jour. Nous faisons tout ce que nous pouvons pour maintenir cet être minuscule en vie. L'imagerie moderne permet de visualiser en permanence son évolution.

Aujourd'hui, il est au 4ème jour de l'équivalent de la maturation d'un embryon humain, au stade morula, l'aspect d'une tout petite mûre. Cela veut dire que dans 4 jours, Papi Cléo sera définitivement mort. J'ai une boule au ventre en pensant à son départ, néanmoins, j'ai des difficultés à me représenter l'homme qu'il était en regardant ces quelques cellules collées les unes aux autres. L'équipe est exténuée par ces derniers mois de travail intensif.

C'est le dernier jour. Nous regardons les écrans montrant en gros plan deux cellules dans l'œuf. Elles fusionnent ne formant plus qu'une cellule. Quelques heures plus tard, nous repérons une petite excroissance pousser sur la paroi de l'œuf et progressivement, un spermatozoïde émerge. Le miracle de la vie, à l'envers. Toute l'équipe applaudi, nous avons réussi le projet fou d'accompagner Papi Cléo jusqu'au bout. J'ai un immense chagrin en voyant ces gamètes sur l'écran. Que faire maintenant ? Que faire des "restes" de Papi Cléo ? Je ne m'étais pas posé la question auparavant, persuadé que nous ne pourrions faire aboutir le processus. En fait, je ne voulais pas me poser cette question.

Je décide de mettre un peu de musique, le deuxième mouvement de la 7ème symphonie de Beethoven, le morceau préféré de Papi Cléo. Il avait bon goût Papi.

Le silence se fait dans la salle. A l'étonnement de tous, nous observons sur l'écran le spermatozoïde battre la mesure avec son flagelle au rythme de la musique, puis nous voyons le flagelle se courber en créant un cercle, comme un O.

Je me pose une question bizarre que je n'aurais jamais osé me poser auparavant, ce spermatozoïde a-t-il une conscience ?

Fin du spectacle, le spermatozoïde reprend ses battements traditionnels et fonce vers l'ovocyte pour le féconder.

J'ai failli avoir un malaise. Papi Cléo nous fait une entourloupette déconcertante. Mon cerveau bouillonne.

L'ovocyte fécondé commence sa première division cellulaire. Branle-bas de combat, Papi Cléo veut naître une deuxième fois...

Comment faire ?

Nous avions réussi l'impossible, mener jusqu'au bout la décroissance vitale de Papi Cléo, mais il nous lance un nouveau défi.

L'équipe est réunie autour de moi. J'écoute les suggestions.

La conclusion est simple. La poursuite du développement in vitro de Papi Cléo posera de multiples problèmes. On évalue à une chance sur dix la possibilité d'une évolution favorable. La solution la plus simple serait qu'il puisse bénéficier d'une mère porteuse, un retour au naturel.

Après mure réflexion, je trouve l'idée séduisante. Le seul problème est de trouver une mère porteuse dans un temps très limité. Nous n'avons que quelques jours.

Une idée folle germe dans mon cerveau. Je la garde pour moi, il faut que je la mature quelques heures avant de l'exposer aux autres et surtout à la principale intéressée.

9 mois plus tard.

Son ventre est rond, proéminent. Jusqu'ici, la grossesse se passe merveilleusement bien. A mon grand étonnement, Séraphine a tout de suite accepté le rôle de mère porteuse pour Papi Cléo. Elle n'a pas hésité et tout va bien, comme si cet évènement était déjà écrit. Elle est enceinte de son arrière-arrière-arrière-grand-père.

La vie pousse dans son ventre avec l'espoir de retrouver Papi Cléo. Est-ce que ce sera vraiment lui ou quelqu'un d'autre ? A-t-il gardé la mémoire de sa vie antérieure ? Nous sommes devant les hypothèses les plus folles. Nous avons préféré garder cette grossesse secrète, pour le monde entier Cléophas Gentil est mort. A notre époque, une grossesse chez une fille seule est d'une banalité absolue, cela se passe comme cela maintenant, les couples se font et de défont aussi vite que les changements de saison. Une femme enceinte seule est devenue la norme.

Elle met de temps en temps un casque audio sur son ventre. Au rythme de la musique, le fœtus donne des coups dans le ventre, visibles distinctement. Papi Cléo sera bientôt de retour parmi nous avec, je l'espère, toute sa mémoire. Scientifiquement, c'est totalement incompréhensible, abracadabrantesque.

Séraphine est venue passer ses derniers mois de grossesse à l'Aventurine. Je l'accompagne pour la surveiller. Jania tournait en rond depuis le départ de Cléophas et la mort de Kévin, elle est heureuse de s'occuper de Séraphine. Je sais que je viendrai y habiter, dans quelques années. Jania et Justin prendront bientôt leur retraite, ils en parlent de plus en plus.

Fin.

Cette nuit fut une des plus tristes de ma vie, papi Cléo est mort. Les évènements dramatiques se sont enchaînés les uns aux autres, sans que l'on ne puisse rien y faire. La malchance ? Le destin ? On appelle cela comme on veut.

Cela a commencé par mon départ de l'Aventurine, au milieu de la nuit, pour une urgence en pédiatrie. Etant senior, il est extrêmement rare que l'on me demande de venir de nuit à l'hôpital car mes collaborateurs sont normalement de garde mais exceptionnellement, deux d'entre eux étaient malades et indisponibles.

Jania m'a raconté la suite en pleurant toutes les larmes de son corps :

— Après que votre départ, Madame Séraphine a perdu les eaux et elle a eu de fortes contractions. J'ai eu trois enfants, je connais le problème. Vous m'aviez dit de l'emmener à la maternité pour l'accouchement. J'ai fait comme vous m'aviez dit. J'ai dit à Justin de rester à la maison et nous avons pris la grosse voiture. Je suis restée sur le siège arrière avec Séraphine pour m'en occuper pendant que la voiture nous emmenait à l'hôpital. Tout à coup, la voiture s'est arrêtée au bord de la route, panne de batterie ou je ne sais pas quoi, en tout cas, elle ne marchait plus du tout. Je n'y connais rien en mécanique. Nous nous retrouvons seules dans la campagne, toutes les deux. Séraphine avait des contractions très douloureuses. J'ai appelé le service d'urgence qui nous a envoyé le SAMU mais ils ont mis trop longtemps à arriver. Séraphine a perdu connaissance et il était trop tard. Monsieur Cléophas est né tout seul et il était déjà mort, asphyxié par plusieurs tours de son cordon ombilical autour du cou. Nous n'avons rien pu faire. Ensuite, les pompiers sont venus et ils ont emmené Séraphine à l'hôpital. Je suis très triste Monsieur Gentil, j'ai fait de mon mieux et Monsieur Gentil est mort. Je l'aimais tellement.

Jania renifle et se mouche bruyamment dans son mouchoir.

— Je suis désolé pour nous tous Jania. Vous n'êtes pas responsable, c'est un concours de circonstance. Cette nuit a été dramatique. Le médecin du SAMU et son infirmier venus s'occuper de Séraphine ont eu un accident de voiture en rentrant à l'hôpital avec le bébé mort. Ils ont pu en réchapper mais la voiture a brûlé. Nous avons récupéré les restes calcinés de Cléophas. Nous ferons un enterrement intime dès que Séraphine ira mieux, un enterrement digne et discret.

— Je suis trop triste Monsieur, trop triste. Je vais vous donner mon congé, je ne peux plus rester ici, trop de souvenirs avec Monsieur, vous comprenez ?

— Je comprends.

— Nous partirons Justin et moi, après l'enterrement, nous irons en Guadeloupe terminer notre vie, comme ma tante et ma grand-mère, sur la terre de mes ancêtres.

— Votre départ laissera un grand vide. Nous allons vous regretter.

Jania s'approche de Paul et l'entoure de ses bras, pleurant à gros sanglots sur son épaule. Paul ne peut retenir ses larmes devant ce chagrin immense.

L'enterrement.

Le temps est doux, un vent léger apporte les odeurs de printemps vers la petite assemblée réunie pour un enterrement en catimini. Séraphine est soutenue par son père qui semble avoir pris dix ans en quelques jours. Justin et Jania sont de l'autre côté du minuscule cercueil noir déposé au fond du trou. Le personnel des pompes funèbre s'est retiré à distance. Paul prend la parole :

— Cléophas Gentil, Papi Cléo, nous venons te dire un dernier adieu. Tu es mort le 13 avril 2127, au début du printemps. Tu aimais bien cette saison, la renaissance de la nature, des fleurs, des roses. Sans le vouloir, sans le chercher, tu as battu le record du monde de longévité, 201 ans et 6 mois. Extraordinaire Papi. Les derniers mois ont été pour nous l'espoir de te revoir mais les évènements ne nous ont pas laissé cette chance. Tu aimais dire, « profitez des petits moments de bonheur de la vie, n'oubliez pas qu'il y a des pépites d'amour partout ». Tu nous as donné ton amour de la vie et nous t'en remercions. Repose en paix près d'Eudoxie, ta femme adorée, elle t'aura attendu bien longtemps.

Jania est en pleurs, inconsolable, collée à son mari.

Chacun prend une poignée de terre et la jette sur le cercueil. Ils quittent le cimetière et rentrent chez eux.

Quoi de neuf en 2127 ?

La pièce est lumineuse, chichement meublée mais néanmoins très agréable et chaleureuse. Cléophas est semi-allongé dans un siège adapté pour un bébé de 3 mois. Il vient de terminer son biberon et expulse un rot tonitruant. Il regarde fixement Jania.

Elle lave son biberon, se sert un thé, vient s'assoir près de lui et dit :

— Monsieur Cléophas Gentil, je crois qu'il est temps que je vous explique ce qu'il s'est passé lors de votre naissance. Vous devez être impatient de le savoir, hi hi hi. Vous avez connu Joséphine, Josette et Jania, sachez que nous sommes une seule et même personne. J'ai une certaine facilité pour modifier mon apparence. Me vieillir ou me rajeunir n'est pas un problème, cela fait partie des possibilités de l'immortalité. Vous pourrez certainement faire de même dans les prochaines années.

Elle boit tranquillement une gorgée de thé et poursuit :

— Oui, je suis une immortelle, hi hi hi. Cela m'est arrivé il y a bien longtemps, comme pour vous maintenant.

Le bébé la regarde fixement avec des yeux ronds comme des billes. Jania reprend :

— Je suis à l'origine de votre rajeunissement. Je vous ai choisi dans "l'Ehpad du Dernier Soupir" car vous correspondiez à tous mes critères de sélection et vous ne m'avez jamais déçue. Il me fallait un homme intelligent, sympathique et veuf. Le jour de votre centième anniversaire, je vous ai mis un produit dans votre bouillie de gâteau à la noix de coco, une part rien que pour vous. Une forme d'élixir de jouvence si vous voulez, à effet très lent. Sans que vous ne vous en rendiez compte, je vous en ai donné régulièrement tout au long de votre deuxième période de vie, sauf lorsque vous avez vendu votre sang aux laboratoires bien sûr. Je vous ai surveillé de près. Non seulement vous avez très bien réagit, mais vous avez trop bien réagit. Pourquoi ? Je ne le sais pas encore. Au lieu de stopper votre rajeunissement à l'âge adulte comme les autres immortels, vous avez continué à rajeunir malgré l'arrêt de votre "élixir de jouvence". C'était intrigant et déconcertant. Avec les autres immortels, nous vous avons surveillé de très près. Ayant déclenché votre processus de rajeunissement, nous nous devions de nous occuper de vous jusqu'au bout.

Elle boit une gorgée de thé et reprend :

— Vous avez une famille extraordinaire qui vous a soutenu et accompagné pendant toute cette période difficile. Vous avez un mental d'acier pour avoir résisté à l'appel de la mort. Nombre de personnes se seraient suicidé dans le même contexte. Vous étiez fait pour devenir un immortel. Vous êtes immortel.

Cléophas essaye de dire quelques mots mais il n'y arrive pas, sa coordination musculaire ne lui permet pas de s'exprimer. Il finit par expirer un grand soupir de frustration en battant des bras.

— Patientez quelques mois encore et vous pourrez vous exprimer normalement. Je vois avec grand plaisir que votre mémoire est intacte. Nous sommes, avec vous, 7 immortels dans le monde. La maladie n'a plus de prise sur nous. Seul un accident mortel nous oblige à renouveler un membre de notre confrérie. Vous avez été choisi entre des millions d'autres personnes. Vous serez intronisé dans notre confrérie lorsque vous aurez 20 ans. D'ici là, je vais avoir le plaisir de m'occuper de votre éducation.

Cléophas est plus calme, il écoute avec un grand sourire. Jania reprend :

— La nuit de votre accouchement a été préparée minutieusement. Rien n'a été laissé au hasard et tout s'est passé comme prévu. La seule incertitude était le début du travail de Séraphine. Dès que j'ai senti qu'il pouvait commencer, j'ai un peu aidé la nature, deux collaborateurs de Paul ont eu une intoxication alimentaire ce qui l'a obligé à se déplacer aux urgences de l'hôpital. Autant vous dire que notre organisation a été responsable de cette intoxication alimentaire. Paul n'aurait jamais quitté Séraphine s'il n'y avait pas été obligé. Lorsqu'elle a perdu les eaux, je l'ai emmenée en voiture. Je l'avais déjà hypnotisée à plusieurs reprises en prévision de ce moment. Je l'ai à nouveau hypnotisée pour qu'elle ne souvienne de rien puis transportée dans une maison proche, transformée pour l'accueillir. Elle a accouché normalement de vous, puis nous sommes repartis vers l'hôpital avec un autre bébé malheureusement mort-né que nous avions conservé en chambre froide. Vous connaissez la suite. L'accident du véhicule du SAMU était nécessaire, nous étions obligés de brûler le cadavre de l'autre nouveau-né pour éviter toute investigation pouvant démontrer que cet enfant n'était pas vous. Notre organisation a été très efficace. Nous sommes parvenus à nos fins sans grande difficulté.

Nouvelle gorgée de thé, elle continue son monologue :

— Vous êtes installé dans une zone tranquille et sécurisée de la Creuse. Vous serez pris en charge par moi et plusieurs membres de la confrérie triés sur le volet jusqu'à la fin de votre adolescence. Vous connaissez votre monde, vous allez connaître notre monde, un monde souterrain qui œuvre pour le bien-être de l'humanité avec des moyens légaux et illégaux. Nous essayons de mettre en adéquation les humains avec la planète, vaste sujet, vaste problème d'équilibre. Votre mission, notre mission, bébé Cléophas est d'instaurer une harmonie entre la planète et les hommes. Nous avons du travail pour plusieurs siècles.

Cléophas applaudit du mieux possible avec ses petites mains potelées. Il cherchait un nouveau sens à donner à sa vie, il l'a trouvé. Il est heureux et gazouille.

Cléophas reprend la parole.

Nous allons fêter les 20 ans de ma nouvelle vie, je suis heureux et impatient. Près de moi, Jania me tient la main. C'est un grand jour, le jour de la rencontre avec mes homologues immortels. La voiture se dirige vers Paris, cela fait si longtemps que je n'y ai pas mis les pieds.

La circulation est fluide, peu bruyante depuis que l'électrique et l'hydrogène ont remplacé tous les autres moteurs à explosion.

Nous nous arrêtons à l'aéroport d'Orly pour prendre un volant-biplace. Il nous dépose dix minutes plus tard en haut de la tour Immo, la plus haute tour de Paris.

— Immo comme immortel, me dit Jania en souriant, notre tour. Les Parisiens pensent Immo comme Immobilier. C'est notre centre névralgique français. Nous avons un centre similaire dans tous les pays avec dans chacun une équipe dédiée à nos actions. Tu découvriras tout cela progressivement.

Nous prenons l'escalier et descendons au dernier étage. Jania explique :

— Cette porte donne sur la salle de réunion où les 5 autres immortels nous attendent. Tu vas avoir un choc.

Elle frappe et ouvre sans attendre de réponse. Nous nous retrouvons dans une grande salle ronde et lumineuse avec de larges baies vitrées. La vue sur Paris est à couper le souffle. Je remarque sept fauteuils près d'une table ronde, de larges fauteuils verts, avec des animaux assis sur cinq d'entre-eux. Il s'agit d'un crapaud, d'un chien identique à Pitch, d'un chat, d'une chouette et d'une chauve-souris.

— Cléophas, je te présente les immortels. Nous avons abandonné depuis longtemps nos noms entre nous et nous nous appelons par notre animal fétiche. Je te présente Crapaud, Chien, Chatte, Chouette et Chauve-Souris. Moi, je suis Loir.

Cléophas est très surpris par cet accueil. Chaque animal lance un petit cri, probablement un cri de bienvenue. Il répond maladroitement :

— Bonjour euh, mesdames, messieurs, enchanté de faire votre connaissance.

Les animaux quittent leur fauteuil et vont se cacher derrière un paravent. Peu de temps après, deux hommes et trois femmes sortent, habillés. Ils ont l'apparence de trentenaires, en pleine santé et retournent sur leur fauteuil. Chouette prend la parole :

— Bonjour Cléophas et bienvenue parmi nous. Nous sommes heureux, très heureux de t'accueillir. L'arrivée d'un nouvel immortel est un évènement rare qui n'arrive pas tous les siècles. Ne soit pas étonné par ce que tu as vu. Le transformisme fait partie de nos capacités, nous permettant d'observer et de mieux appréhender le monde tel qu'il est. Cela te sera très utile. Tu nous as fait attendre bien longtemps ta venue, quelle idée de vouloir renaître…

— Désolé, répond Cléophas, mais je n'ai eu aucune maitrise sur mon rajeunissement.

— Nous non plus, ce qui nous a donné beaucoup de soucis. Il a fallu te surveiller comme jamais nous n'avions surveillé un nouveau membre. Nous t'aurions perdu si les technologies médicales modernes n'avaient pas pu te garder en vie. Tu es un miraculé, tu es un immortel exceptionnel.

— Nous étions tous près de toi pour t'accompagner, explique Crapaud. Rappelle-toi que tu m'as trouvé et enfermé dans le placard de Loir. Je ne t'en veux pas, rassure-toi, tu ne pouvais pas savoir. Loir a beaucoup ri et elle a fait de gros efforts pour hurler très fort ce jour-là.

— Lorsque tu sortais te promener la nuit, reprend Chouette, j'étais là avec Chauve-souris.

— J'aimais bien tes caresses, reprend Chatte, la chatte du voisin venait souvent te voir n'est-ce pas ?

— Tu as passé beaucoup de temps avec moi, lui dit Chien, à jouer, à dormir contre mon pelage, des longs moments de détente et de plaisir. J'étais ton dernier Pitch.

— La nuit de tes 100 ans, dit Chauve-souris, je suis venu te voir dans ta chambre, la fenêtre était ouverte et je me suis transformé en humain. Tu as dû t'en apercevoir dans un demi-rêve. Rassure-toi, je ne suis pas un vampire, mais je pense être à l'origine de cette légende grotesque.

Cléophas les regarde tous avec de grands yeux étonnés.

— Vous étiez autour de moi tout le temps ?

— J'étais présente toutes ces années, lui répond Jania, les autres venaient régulièrement te voir, t'observer. Chien t'a surveillé de très près pendant les dernières années de ta petite enfance.

Cléophas s'assoit dans un fauteuil, abasourdi par toutes ces révélations. Les autres le regardent en souriant, le temps qu'il reprenne ses esprits. Cléophas demande :

— Vous pouvez vous transformer en animal. J'ai cette capacité moi-aussi ? En quel animal vais-je me transformer et comment fait-on ?

Chouette explique :

— Nous allons t'aider la première fois. Après, tu te débrouilleras tout seul. C'est une question d'énergie, de concentration et d'imagination. Tu as cette capacité en toi, il suffit de canaliser tes pensées sur cette action. Je te montre.

Chouette se met debout, ferme les yeux et en une minute, se transforme en chimpanzé avant de redevenir elle-même.

— Chouette, vous pouvez vous transformer en n'importe quel animal ?

— Effectivement, en n'importe quel animal, mais je me sens plus à l'aise dans mon animal fétiche.

Cléophas reste un instant rêveur. Chauve-souris lui demande :

— Cléophas, nous voulons te poser une question importante à laquelle tu es le seul à pourvoir répondre.

— J'y répondrai bien volontiers dans la mesure de mes possibilités.

— Lorsque tu es retourné à l'état embryonnaire, avais-tu la pleine conscience de ton environnement, de ta mémoire, de toi-même ?

Cléophas réfléchit un instant et répond :

— A aucun moment, je n'ai pas été moi. J'ai toujours été lucide et j'ai vécu pleinement du début à la fin cette période fabuleuse. Je me sentais bien, sans souci, au calme, une forme de bonheur intérieur. Certes, j'avais de longues périodes de sommeil, mais j'étais pleinement conscient de tout ce qui se passait autour de moi.

— Même à l'état de spermatozoïde ?

— Oui. Ce qui est incroyable et inexplicable. J'en suis venu à la conclusion que la mémoire n'est pas enfermée dans les neurones. Quel que soit le nombre de leurs interconnexions, ils ne permettent pas de renfermer toute la nature d'un individu. J'étais ce spermatozoïde relié à mon âme. L'âme est le seul mot qui me vient à l'esprit pour désigner cette idée. Cette cellule m'a retenue à notre monde et, à cet instant, ma vie sur cette terre dépendait uniquement de ce petit machin ridicule. Elle meurt, je meurs. J'étais en lien direct avec elle. J'ai ri, intérieurement bien sûr, quand j'ai vu le spermatozoïde se précipiter vers l'ovocyte, son instinct primaire a pris le dessus. Je me suis dit que j'allais probablement repartir pour un tour.

— En résumé, poursuit Chien, tu es la preuve vivante de la réalité de l'âme humaine.

— Effectivement, lui répond Cléophas. Je n'ai pas d'autre hypothèse.

— Fantastique, reprend Chatte, tout simplement fantastique.

— Et que devient l'âme après la mort ? Demande Chauve-souris.

— Elle va s'accrocher à un autre être vivant ? Propose Crapaud.

— La théorie de la réincarnation, en animal, en végétal, en humain ? Vaste question réplique Chien. Nous pourrions en débattre longtemps mais je pense qu'il est temps, mon cher Cléophas, de découvrir quel est ton animal fétiche. S'il te plaît, mets-toi debout au centre de la pièce.

Cléophas s'exécute. Les six se placent autour de lui, posent leur main droite sur sa tête et la main gauche sur la tête de leur voisin.

— Nous te donnons notre énergie, murmure doucement Jania, accueille-la. Ferme les yeux, ne te concentre pas, ne pense à rien, laisse-toi faire, détends-toi.

Une minute passe. Cléophas ressent une douce chaleur entrer dans sa tête.

— Maintenant, tu penses à un animal, le premier qui te passes par la tête.

Je pense à pleins d'animaux, j'ai le vertige, il me semble qu'un brouillard se développe dans mon cerveau. Je me sens rétrécir, devenir tout petit. J'ouvre les yeux et je regarde en haut les 6 immortels, immenses.

Loir lui dit :

— Bienvenue parmi nous, Lézard.

Animal.

Je suis un chat, je dors.
Je suis une chouette, je vois la nuit.
Je suis un chien, je sens.
Je suis un guépard, je cours.
Je suis une abeille, je butine.
Je suis un dauphin, je nage.
Je suis un kangourou, je saute.
Je suis un chamois, je grimpe.
Je suis un aigle, je vois loin.
Je suis une taupe, je creuse.
Je suis un lézard, je monte sur les murs.
Je ne suis plus un *homo sapiens*, je suis un *homo metamorphosis*.
Je suis un homme, je suis vivant, j'aime ma vie, je suis heureux.

L'Aventurine.

Aujourd'hui, je suis aigle. J'aime cet animal, rapide et majestueux. Voler est extrêmement attrayant, me donnant un sentiment de totale liberté. Je peux parcourir de longues distances presque sans fatigue et sans danger, n'ayant aucun prédateur.

Les autres immortels ne m'ont pas interdit d'aller contempler mon ancienne habitation. Cela fait longtemps que je résiste à cette envie. Une partie de mon âme est accrochée à ma maison, mon chez-moi. Après plusieurs années, cette envie n'a fait qu'augmenter et j'ai pris la décision d'y aller. Coïncidence, Paul va avoir 90 ans. Je me pose la question de mon apparence s'il me voit. En animal ? En Cléophas ? De quel âge, 5 ans, 25 ans, 50 ans, 80 ans ? Je peux choisir mon âge et me modifier à ma guise.

Je survole la Chapelle Sur Erdre, il fait un temps superbe cet après-midi. De mes yeux perçants, je repère un vieux monsieur se promenant lentement dans le jardin de l'Aventurine, s'aidant d'une canne. Je reconnais Paul, il entre dans le petit bois.

Après un piqué, je vole au ras de l'eau puis plane au-dessus de sa tête en trompétant avant de me poser en face de lui. Paul s'arrête, interloqué, il n'a jamais vu d'aigle dans la région, et encore moins ayant ce comportement.

En face de lui, immobile, lentement, je me transforme en humain, redevenant le Cléophas de 25 ans.

Il murmure :

— Papi Cléo, tu es papi Cléo ? Mon papi Cléo ?

Je lui réponds avec un grand sourire :

— C'est bien moi mon petit Paul, tu m'as manqué. Je voulais te revoir car je n'ai jamais pu te dire merci pour tout ce que tu as fait pour moi. C'est grâce à toi si je suis encore en vie. Merci Paul.

— Mais tu es mort ! Tu es enterré près d'Eudoxie !

— Tu le penses et c'est normal, mais la mort n'est qu'un passage vers une autre vie. Profite de chaque instant de ta vie, jusqu'au bout car elle est toujours trop courte.

Je me rapproche de lui et prends ses mains dans les miennes. Il est très ému.

— Ne parle pas de ma venue auprès de toi, personne ne te croira. Je t'aime Paul, adieu.

Je me transforme en aigle et prends mon envol. Je suis heureux d'être venu, j'aime toujours autant ma famille et je ne vais pas pouvoir m'empêcher de la surveiller, de loin. Intérieurement, je me pose cette question : « ais-je le droit de faire croire à Paul qu'il existe une vie après la mort alors que je n'en sais toujours rien ? ». Il le saura bien assez tôt et, après tout, l'espoir fait vivre.

Du même auteur :

Peur sur le lac de Grand-Lieu

2021 éditions BOD.

Une découverte du lac de Grand-Lieu à travers un thriller atypique.

Un grand merci aux lecteurs attentifs du manuscrit :

Sylvie, Aude, Typhaine, Caroline, Sixtine, Antoine et Olivier.

Un merci tout particulier à Typhaine pour la couverture originale du livre.